AF500752

LES BUVEURS D'EAU.
2e partie.

HÉLÈNE

PAR

HENRY MURGER.

BRUXELLES,

ALPHONSE LEBEGUE, IMPRIMEUR-ÉDITEUR,

Rue des Jardins d'idalie, 1

ET RUE MONTAGNE DE LA COUR, 19.

1854

LES BUVEURS D'EAU.

HÉLÈNE.

LES BUVEURS D'EAU.

HÉLÈNE

PAR

HENRY MURGER.

BRUXELLES,

ALPHONSE LEBÈGUE, IMPRIMEUR-ÉDITEUR,

Rue des Jardins d'Idalie, 1,

Entrée par la rue Notre-Dame-aux-Neiges, 60.

1854

NOUVELLES PUBLICATIONS :

(OUVRAGES COMPLETS.)

Pauline Butler, par Alexandre de Lavergne, 1 volume.
Un Monsieur très-tourmenté, par Ch. P. de Kock.
Un Drame en Famille, par le marquis de Foudras, 3 vol.
Le Champ de Bataille, par Paul Féval, 2 volumes.
Catherine Blum, par Alexandre Dumas, 2 volumes.
Gaston et Marie, par Mme Caroline Berton (née SANSON), 1 vol.
Le Capitaine Plouéven, par E Gaudin, 2 volumes.
Les Nuits de Rome, par Jules de Saint Félix, 2 volumes.
Nouvelles, par madame de Bawr, 2 volumes.
Scènes et Récits des Alpes, par É. Souvestre, 1 volume.
Le Bourreau de Vérone, par le bn A. de Peellaert, 1 volume.
Le Garçon de Banque, par Élie Berthet, 1 volume.
Les Trois Reines, par X. B. Saintine, 2 volumes.
La Famille Aubry, par Paul Meurice, 2 volumes.
Propos de Ville et Porpos de Théâtre, par Murger, 1 volume.
Le Neuf de Pique, par Madame la Comtesse Dash, volumes.
Le baron La Gazette, par A. de Gondrecourt, 3 volumes.
Le fil d'Ariane, par Xavier de Montépin , 2 volumes.
La Conquête d'un Louis, par Champfleury, 1 volume.
Les Oies de Noël, par Champfleury, 1 volume.
Les Lorettes Vengées, par Henri de Kock, 2 volumes.
Les Étuvistes, par Ch. Paul de Kock 3 volumes.
Les Valets de Cœur, par Xavier de Montépin, 3 vol.
Le Tueur de Tigres, par Paul Féval, 2 volumes.
Les contes d'Été, par Champfleury, 2 volumes.
Les Aventures du Prince de Calles, par L. Gozlan, 4 vol.
Mademoiselle de Cardonne, par A. de Gondrecourt, 2 volumes.
Geneviève Galliot, par Xavier de Montépin, 2 volumes.
La marquise de Rumini, par Maurage, 2 volumes.
Les Contes de Ch. Dickens, traduit par A. Pichot, 1 volume.

SOUS PRESSE :

La Comtesse de Charny, par Alexandre Dumas; 9 vol. parus.
Isaac Laquedem, par Alexandre Dumas ; 5 volumes parus.
Les Mémoires d'Alexandre Dumas 24 volumes parus.

I

LES VOYAGEURS.

Les premiers créateurs de la société des buveurs d'eau avaient été, nous l'avons dit, Antoine et son frère Paul, aidés de Lazare, un de leurs anciens camarades d'enfance. La société ne fut définitivement constituée qu'à l'époque où ceux qui en avaient eu la première idée purent réunir un certain nombre d'adhérents. La fraternité qui existait dans leurs goûts, la ressemblance dans leurs précédents, contribuèrent surtout à réunir plus étroitement tous les buveurs d'eau. Tous enfants de familles pauvres, ils avaient commencé de bonne heure l'apprentissage des privations. Déjà laborieux à un âge encore voisin de l'époque des jeux, ils réfléchissaient pendant le temps réservé à l'insouciance ; la solitude avait mûri leur esprit et avancé pour eux l'époque de la virilité. Poussés par le hasard des grandes villes les uns au-devant des autres, leur conformité d'âge et de position avait été le lien préliminaire d'une association que devait plus tard consolider un règlement. Entrés dans une carrière dont les difficultés sont proverbiales, et placés dans les conditions les plus défavorables pour y réussir, les buveurs d'eau devaient affronter des souffrances que nous nous proposons de retracer avec la rigidité du procès-verbal. En étudiant ainsi la vie d'artiste dans un milieu particulier, notre dessein n'est pas d'entreprendre la glorification d'une certaine classe de parasites qui ont rendu le titre d'artiste si banal et si peu respecté en s'en emparant, les uns pour couvrir leur désœuvrement, les autres leur incapacité. Le groupe que nous avons l'intention de mettre en scène se composait de jeunes gens véritablement doués d'une vocation réelle qui n'avait pu être fécondée par l'étude dès l'instant où elle s'était révélée ; ils avaient du moins la bonne foi de reconnaître cette infériorité, et c'était à la faire disparaître qu'ils appliquaient leurs efforts.

Le principal défaut des membres de cette association, c'était leur parti pris d'isolement. En se restreignant volontairement dans le cercle d'une existence uniforme, en demeurant, comme ils le faisaient, à l'écart de toute relation extérieure, ils perdaient nécessairement l'avantage de rencontrer ces occasions qui viennent quelquefois si utilement placer une échelle sous le pied de ceux qui tentent l'assaut des obstacles. Dans les habitudes de la vie moderne, et quand il n'est pas sorti de sa phase d'obscurité, l'artiste doit réunir au talent qui peut produire une œuvre l'intelligence et l'activité nécessaires pour la mettre en évidence. Il existe pourtant certaines natures qui reculent devant les exigences de la vie pratique. Incapables de tenter aucun effort pour constater leur existence, soit par indolence naturelle ou par ignorance des moyens à employer, elles prolongent ou perpétuent cet état d'*anonymité* qui est au talent ce que le boisseau est à la lumière. Les buveurs d'eau appartenaient à cette race de solitaires obstinés auxquels suffisent les jouissances de la vie contemplative. Reclus dans la pratique de leur art, le monde finissait pour eux aux murailles de leur atelier; aussi devaient-ils subir l'influence de l'incognito, atmosphère malsaine qui engourdit les plus actifs, qui aigrit les plus pacifiques, qui asphyxie quelquefois. A des gens séquestrés volontairement dans un lieu étroit et renfermé qui se plaindraient de manquer d'air, le premier venu répondrait : Ouvrez la fenêtre. Lorsque les buveurs d'eau découragés laissaient, pour toute récrimination contre leur destinée, échapper cette plainte banale : Nous n'avons pas de chance ! on aurait pu leur répondre : Ouvrez la porte; car non-seulement ils la tenaient fermée, mais encore ils poussaient pour ainsi dire le verrou à l'intérieur.

Si nous avons rappelé ici quels principes dirigeaient cette singulière société, c'est qu'ils serviront plus d'une fois à expliquer ces luttes douloureuses de l'intelligence avec la nécessité, au milieu desquelles nous ramène le récit qu'on va lire. Le principal personnage de ce récit est déjà connu : c'est l'artiste que nous avons désigné sous le nom d'Antoine ou *l'homme au gant*. Antoine avait habité la Normandie : voici à quelle occasion et dans quelles conditions. Un matin il s'était réveillé avec l'idée qu'il avait besoin de voir la mer. Un caprice qui tombe dans la cervelle d'un artiste, quand celui-ci n'a pas le moyen de le satisfaire ou la force de le repousser, est le plus tumultueux trouble-travail qu'on puisse imaginer. Comme la tyrannique obsession de ce désir lui causait une préoccupation qui fut remarquée par ses amis, Antoine dut leur en révéler le motif.

— La distance qui existe entre Paris et le Havre est de cinquante lieues, dit Lazare; mais elle est aussi de cinquante francs. En faisant le voyage à pied, c'est le moins que tu puisses dépenser pour séjourner une quinzaine de jours dans le pays; temps strictement utile pour voir et profiter de ce que tu auras vu. Il faut donc qu tu accordes à la caisse sociale un délai pour qu'ell puisse économiser ce gros chiffre.

La proposition du trésorier de la société dépassait toutes les espérances d'Antoine, car distraire au profit d'un seul membre une somme qui aurait pu, partagée, être utile à plusieurs, n'était pas un fait ordinaire. *L'homme au gant* aurait pu attendre que ses propres ressources lui permissent de se passer du secours de la caisse sociale; mais il eût peut-être été forcé d'attendre trop longtemps. Rendu d'ailleurs égoïste par la violence de son désir, il accepta la proposition qui lui était faite, et, désormais assuré de faire ce voyage, il commença à éprouver tous les symptômes d'un état particulier qu'on pourrait appeler la fièvre du départ. Il aurait été question d'un passage aux Indes, qu'il ne se fût pas montré plus préoccupé. Il amassait des renseignements sur la province qu'il devait parcourir; il arrêtait chaque jour un nouvel itinéraire et se livrait à de prodigieux calculs, pour régler l'emploi de son budget et amoindrir le chiffre de ses dépenses quotidiennes, afin d'augmenter, ne fût-ce que d'une journée, la durée de cette pérégrination.

On pourra s'étonner de toutes ces puérilités à propos d'une excursion de quelques jours dans un pays que les facilités de communication ont mis aux portes de Paris; mais jusque-là les promenades d'Antoine n'avaient point dépassé la limite des environs de la capitale, si riches en paysages variés, et qui seraient encore plus beaux, s'ils étaient interdits aux citadins. Cette fois il s'agissait d'un véritable voyage. Le jeune peintre savait qu'il ne repasserait pas le soir la barrière par laquelle il serait sorti le matin. Un premier voyage a beaucoup de ressemblance avec une première passion ; c'est la même recherche de sensations nouvelles unie à la même prodigalité d'illusions : la malle d'un premier voyage en renferme presque autant qu'une première lettre d'amour.

Outre le bénéfice qu'il pourrait, comme artiste, retirer de cette excursion ayant pour but un spectacle encore inconnu et l'un des plus beaux que puisse offrir la nature, Antoine devait être initié aux jouissances de la vie errante. Piéton enthousiaste, il battrait d'un pied libre ces grands chemins où l'imprévu se multiplie, tantôt pour le plaisir des yeux, tantôt pour l'étonnement de l'esprit. Étouffé dans l'âpre atmosphère de l'atelier, il respirerait à loisir l'air fortifiant qui souffle dans les campagnes maritimes. Pendant une semaine ou deux, il aurait quotidiennement dans sa poche une réponse régulière aux impérieuses exigences de la vie matérielle, et brisé par les courses de la journée, il goûterait chaque soir le tranquille et profond repos que procurent les saines lassitudes. Telles étaient les séductions qui donnaient à ce voyage les proportions d'un événement. Et en effet, le plaisir est relatif et se mesure moins par la somme de jouissances qu'on en retire que par la difficulté que l'on éprouve à se procurer de telles jouissances, qui, pour des gens placés dans certaines conditions, sont autant de fruits défendus.

L'impatience d'Antoine était arrivée à un tel degré, qu'il ne pouvait passer devant un chemin de fer ou rencontrer une diligence sans tressaillir. Il ressemblait aux enfants auxquels on a promis de les conduire au spectacle, et qui applaudissent par anticipation rien qu'en lisant les affiches. Un soir enfin, Lazare annonça à Antoine qu'il pouvait faire ses derniers préparatifs, et lui remit la somme fournie par la société pour les frais du voyage. A cette somme le trésorier des buveurs d'eau ajoutait quelques petites économies personnelles. Ce qu'il y avait de privations dans ces deux ou trois pièces de cinq francs, Antoine pouvait mieux que personne le comprendre. Tu me remercieras en me rapportant une belle étude normande, avait dit Lazare. Je te recommande la ferme de mon parrain entre Criquetot et Étretat. Mon parrain ne t'empêchera pas de copier sa maison ni ses pommiers; mais s'il te fait seulement cadeau d'une pomme, je consens à en avaler les pépins. En voilà un vrai Normand : quand il m'a tenu sur les fonts, il ne m'a pas même donné un de ses noms, il aurait craint d'en être privé; au reste, un brave homme à qui je n'ai rien à demander, puisqu'il ne me doit rien!

Le soir fixé pour le départ, toute la société des buveurs d'eau accompagna Antoine au chemin de fer, qu'il devait prendre jusqu'à Mantes pour de là continuer sa route à pied jusqu'au Havre, en passant par Rouen, la ville aux maisons vieilles. En disant adieu à tous ses amis, Antoine ne put s'empêcher d'éprouver comme une espèce de remords. Pendant qu'il cheminerait gaiement, suivant sa fantaisie, ceux qui lui faisaient ces heureux loisirs continueraient leur vie de lutte patiente, rendue momentanément plus difficile peut-être par le manque de cet argent que son caprice enlevait à leur nécessité. Il fut un moment sur le point de renoncer à son voyage, et de le remettre à une époque où les circonstances seraient plus favorables; mais le dernier coup de la cloche du départ appelait les voyageurs dans les salles de l'embarcadère. Antoine n'eut pas le courage de la résistance; il échangea un dernier adieu avec ses camarades, et suivit la foule qui se précipitait.

Dans le waggon des troisièmes classes où il était monté, il n'avait que deux compagnons de route : c'étaient un homme d'une cinquantaine d'années et une jeune personne dont le visage offrait avec le sien une ressemblance qui la disait sa fille au premier regard. Tous deux semblaient appartenir à une condition tenant le milieu entre la classe ouvrière et celle des petits négociants parisiens retirés des affaires. La façon dont ils étaient vêtus l'un et l'autre révélait un dédain trop apparent de la mode en cours pour qu'il fût volontaire. La longue redingote verte du père avait dû être taillée sur un patron bien antique, et les plis nombreux dont elle était encore fripée indiquaient une récente reclusion dans une armoire publique malheureusement célèbre. Les autres vêtements offraient le même aspect de vétusté neuve qu'on remarque dans les objets vieillis par l'abandon dans lequel on les laisse plutôt que par l'usage qu'on en fait. Quant à la jeune fille, le contraste de sa personne et de son costume était encore plus frappant : elle était habillée d'une robe en étoffe d'été, dont la couleur et le dessin eussent fait sourire de pitié une grisette de province. C'était assurément quelque défroque étrangère appropriée à sa taille sans aucune préoccupation de coquetterie. Elle était coiffée d'un petit chapeau de paille commune, à peine garni d'un étroit ruban. Une espèce de pardessus en lainage grossier, des bottines de coutil et des gants de fil, complétaient ce costume, porté cependant avec autant de laisser-aller que s'il eût été le prospectus de la dernière élégance.

Dès que le convoi se fut mis en marche, les deux voyageurs retirèrent d'un panier qu'ils avaient avec eux du pain, un petit morceau de viande froide, une bouteille, une timbale, et le père et la fille commencèrent un repas improvisé auquel l'appétit de chacun d'eux sembla faire un égal honneur. Comme s'il croyait avoir besoin de s'excuser, l'homme à la redingote verte dit assez haut à sa fille pour que ses paroles fussent entendues d'Antoine : C'est bien heureux que j'aie eu la précaution d'emporter quelques provisions. Un jour de départ, on a tant de choses à faire, qu'on ne peut même pas trouver l'instant de déjeuner. N'as-tu rien oublié, Hélène? acheva-t-il en se retournant vers sa fille.

A ce nom d'Hélène, Antoine, qui jusque-là n'avait point pris garde à la jeune voyageuse, leva les yeux sur elle. Voici en deux mots quelle était la cause de cette soudaine attention. Antoine avait eu une petite sœur ainsi appelée, qu'il avait beaucoup aimée, et qui était morte à six ans, écrasée sous la roue d'une lourde charrette en revenant de l'école. Aussi, chaque fois qu'il entendait prononcer devant lui ce nom d'Hélène, il ne pouvait s'empêcher de penser à cette enfant, dont la mort précoce et affreuse avait été l'un des plus grands chagrins de sa vie. Dans ce moment, le souvenir de ce triste événement, qui le pénétrait toujours d'un mélancolique regret, lui parut encore plus douloureux. Il lui gâtait le début de son voyage. Si mon Hélène vivait encore, elle aurait l'âge de celle-ci, pensait-il en regardant l'homonyme de sa sœur occupée au rangement d'un petit sac de voyage qu'elle tenait sur ses genoux. C'était une jeune fille de dix-huit ans, ni belle ni jolie, une tête d'expression, comme disent les artistes, et qui aurait pu poser pour la figure de l'Étude dans un tableau allégorique. La fleur de la jeunesse paraissait déjà pâlie sur ce visage sérieux aux traits immobiles, dont les grands yeux noirs faisaient songer à l'épithète qu'Homère applique au regard de Junon. Cependant sous la froideur de ce masque réfléchi, derrière ce front encadré par les bandeaux inégaux d'une chevelure brune et un peu rare, on devinait l'intelligence. Les sourcils largement dessinés formaient un arc sévère annonçant la volonté et l'énergie. Ce qui manquait à cette physionomie comme grâce féminine était remplacé par un sentiment de fierté quasi virile qui mettait au moins la distinction là où l'on aurait pu remarquer l'absence de douceur. Cette figure pouvait ne pas être sympathique à première vue, mais à première vue elle pouvait exciter la curiosité. Antoine, qui avait étudié les systèmes scientifiques qui font des signes du visage autant d'indices révélateurs du caractère, avait remarqué, en observant sa voisine, les traces visibles d'une fatigue récente dont il était par expérience personnelle en état d'apprécier l'origine. Il croyait reconnaître dans ce teint légèrement blêmi, non les pâles couleurs de la maladie, mais ce hâle particulier qui résulte des longues veilles pendant lesquelles la fumée de la lampe s'incruste en fine poussière dans l'épiderme.

Dès qu'on fut sorti des limites de la banlieue parisienne, la jeune fille se mit à la portière et regarda la route avec autant de curiosité étonnée que si elle n'avait jamais vu ni eaux, ni bois, ni champs, ni ciel. Elle semblait aspirer avec délices la fraîcheur du vent qui échevelait dans les eaux du fleuve les saules penchés sur la rive. En la voyant ainsi offrir son visage aux caresses de cette brise un peu vive, Antoine devinait le besoin d'un poumon affamé de l'air sain qui circule librement entre les grands horizons. Aux prières de son père, qui lui recommandait de ne point trop se pencher hors du waggon dans la crainte de quelque accident, elle répondait avec l'impatience mutine des enfants que l'on trouble dans leur plaisir. Si tu savais comme ce bon air me fait du bien! s'écria-t-elle tout à coup en frappant dans ses mains, et elle retira son chapeau pour mieux ressentir les effets de ces souffles bienfaisants.

Cependant on avait dépassé la forêt du Vésinet, et le train suivait le cours de la Seine, dont les bords commencent, de ce côté, à offrir de charmants aspects. Le père, ayant remarqué que le paysage était plus beau, vu de la portière dont il occupait un des coins, appela sa fille, qui se tenait à la portière opposée, pour lui céder sa place. Hélène s'empara du *coin* que venait de lui céder son père, mais elle parut hésiter un moment, en s'apercevant que pour profiter de l'avantage de la portière, qui était assez étroite, il fallait risquer un voisinage assez immédiat avec Antoine. L'artiste, devinant sans doute quelle raison retenait sa curieuse voisine blottie dans son coin, lui céda la jouissance pleine et entière de cette ouverture, complaisance dont elle profita sur-le-champ en remerciant le jeune homme plus encore par la joie qu'elle fit paraître que par le sourire qu'elle lui adressa.

Bien qu'on fût en route depuis une heure à peine, un changement sensible s'opérait dans la physionomie d'Hélène. Un pâle vermillon colorait ses joues, l'œil était devenu brillant, la lèvre humide. Sa parole pressée vibrait d'animation juvénile. Elle s'efforçait de faire partager à son père l'enthousiasme que lui causaient les beautés du panorama dont les mobiles tableaux se déroulaient devant elle. Ses questions, ses étonnements naïfs, semblaient indiquer que c'était la première fois qu'elle était mise en contact avec une nature véritablement rustique. Cette gravité un peu froide qu'Antoine avait d'abord remarquée chez la jeune fille était remplacée plus visiblement, à chaque élan nouveau du train parti à toute vapeur, par une animation, une vivacité de mouvements qui paraissaient autant de symptômes d'un bien-être oublié depuis longtemps par la voyageuse, s'il n'était pas entièrement nouveau pour elle. A la hauteur de Poissy, le train en croisa un qui descendait. Ah ! les pauvres gens ! s'écria Hélène, comme je les plains de retourner à Paris ! Antoine ne put s'empêcher de sourire, car sans le savoir la jeune voyageuse venait d'exprimer une idée qu'il avait eue en même temps qu'elle. Cette conformité d'impressions excita la curiosité d'Antoine, curiosité sans but, qui était le résultat du penchant, naturel à certains esprits, de faire de toute chose offerte par le hasard un élément d'activité. L'artiste se demanda pour quelle raison cette jeune fille paraissait si heureuse de fuir Paris, et pourquoi elle semblait redouter d'y retourner. Là-dessus il bâtit mille suppositions, dont aucune ne le satisfit sans doute, puisque cette curiosité, qui avait commencé par n'être qu'un passe-temps, devint un réel désir de savoir qui étaient, ce que faisaient et où allaient les voyageurs que le hasard lui donnait pour compagnons.

Il cherchait depuis quelques minutes un moyen adroit pour entrer en conversation avec le père, quand celui-ci vint fournir lui-même le prétexte après lequel courait l'imagination peu inventive de l'artiste. Au bout d'une heure de causerie, Antoine savait que son compagnon de route était un ancien entrepreneur de travaux publics ruiné par des spéculations malheureuses, resté veuf avec une fille à laquelle il avait fait donner une brillante éducation pendant l'époque de sa prospérité. Quand les mauvais jours étaient venus, celle-ci s'était hâtée de convertir en une science sérieuse et plus étendue les connaissances qu'elle avait acquises dans une grande pension à Paris. Elle voulait se livrer à l'instruction publique, et travaillait depuis deux ans à obtenir les diplômes nécessaires pour le professorat. A la suite d'un examen brillant, autant pour la délasser un peu des laborieuses études qui lui avaient été nécessaires que pour la récompenser de son succès, son père lui donnait quelques jours de vacances, et profitait de ce voyage pour lui faire prendre quelques bains de mer.

Antoine allait peut-être en apprendre plus long, car le père d'Hélène se montrait volontiers disposé à la confidence; mais le train s'arrêta brusquement, et le conducteur vint ouvrir la portière en criant : *Mantes ! Mantes!* Antoine était arrivé à sa première étape; il prit son sac, son bâton, salua ses compagnons de route et descendit du waggon. Dix minutes après, le train se remettait en route. Le père et la fille étaient restés seuls.

— Je regrette que ce jeune homme qui vient de descendre n'ait pas continué à voyager avec nous, dit le père; sa conversation m'intéressait. C'est un peintre qui va en Normandie faire des études. Il est fort poli. As-tu remarqué, Hélène? depuis que nous sommes partis de Paris, il avait à la main une cigarette tout apprêtée, pourtant il n'a pas fumé. Je lui ai cependant dit de l'allumer, il n'a pas voulu; c'est à cause de toi.

Hélène, occupée à regarder les premières campagnes de la Normandie, ne répondit pas; mais peu de temps après elle sentit remuer sous son pied un objet qu'elle ramassa aussitôt.

— Le voyageur qui est descendu à Mantes a oublié cela, dit-elle en montrant un petit album de poche. Il y a des dessins dans ce cahier. Ce jeune homme y tient peut-être; il faudra déposer cet album à la prochaine station, on le renverra à la station de Mantes, où ce monsieur aura peut-être l'idée de le faire réclamer.

— Tu as raison, dit le père en feuilletant l'album, qui renfermait quelques croquis à la plume ou au crayon. Voici des renseignements dont nous pourrions profiter, Hélène, dit-il en désignant à la jeune fille une page qui contenait de l'écriture et des chiffres.

— Mais, tu as tort de lire, dit la jeune fille avec vivacité, c'est une indiscrétion.

— Quel grand mal y a-t-il à lire cela? C'est un itinéraire de voyage dans le même pays que nous voulons visiter. Ce jeune homme est artiste, il doit connaître les endroits curieux; nous qui avions l'intention de faire à peu près la même route, nous profiterons des renseignements qui lui ont été donnés, et qu'il nous donnera à son tour, sans que cela lui cause aucun préjudice. Je vois déjà des indications d'hôtels à Rouen, au Havre et à Trouville; nous qui ne savions pas où descendre, nous irons dans ces maisons-là.

— Mais, dit la jeune fille avec inquiétude, tu sais que nous devons nous montrer très-modérés dans nos dépenses. Ce monsieur, qui n'a pas les mêmes raisons que nous pour compter avec sa bourse, veut peut-être descendre dans des endroits où nous serions obligés de faire une dépense qui excéderait nos moyens.

— Oh! fit le père, ce jeune homme ne paraît pas riche.

— Son costume ne prouve rien, répondit Hélène. Les artistes n'ont pas grand soin de leur toilette, surtout en voyage. Ils ont en outre la réputation d'être fort prodigues et de dépenser leur argent aussi facilement qu'ils le gagnent. Si tu veux m'en croire, nous ne profiterons pas de ces renseignements.

— En voici pourtant un, dit le père, qui ne contrarie pas nos projets d'économie. Et il montra à Hélène une note ainsi conçue : « A Rouen, sur le quai, en face du nouveau pont, les remorqueurs du commerce transportent des marchandises au Havre, et consentent à embarquer des voyageurs. Prix : 1 fr. 50 c. Départ le matin à six heures. Demander les capitaines de *l'Atlas* ou de *l'Hercule.* »

Hélène prit dans sa poche un petit carnet qu'elle ouvrit. Après avoir lu quelques lignes qui s'y trouvaient écrites, elle dit à son père : Les bateaux qui font le service régulier, et que nous devons prendre, coûtent six francs par personne; en nous embarquant sur ces remorqueurs, nous réalisons une économie. Cette fois je suis de ton avis. Et elle prit note sur son carnet du renseignement fourni par l'album d'Antoine.

— Ma pauvre enfant, dit le père d'Hélène, je crois bien que ce jeune homme n'est pas plus riche que nous, et qu'il a les mêmes raisons que nous pour voyager au meilleur compte possible. Si tu veux me croire, tu copieras tous ces renseignements, qui lui ont probablement été donnés par quelqu'un qui connaît le pays et a les habitudes du voyage, car je sais par lui-même qu'il a quitté Paris pour la première fois.

— Mais si nous allons dans les mêmes endroits où ce jeune homme se propose d'aller, réfléchit Hélène, nous devons nécessairement le rencontrer, et cela ne lui paraîtra-t-il point singulier de nous trouver partout où il sera ?

— Nous ne nous rencontrerons pas, répondit son père, par cette raison que ce monsieur, qui voyagera à pied, n'arrivera dans tous les endroits qu'il s'est fait désigner que deux ou trois jours après que nous les aurons quittés; et même en supposant que nous dussions le revoir, qu'est-ce que cela peut nous faire ?

Hélène, trouvant probablement que son père avait raison, ne fit plus aucune objection; elle copia l'itinéraire d'Antoine sur son carnet, et cette besogne achevée, remit sa tête à la portière, bien décidée à ne pas perdre un seul détail du paysage; quant à son père, il s'endormit profondément.

Pendant que le train qu'il venait de quitter fuyait vers Rouen, Antoine, descendu à Mantes, avisait au bord de la Seine une espèce d'auberge dont l'enseigne promettait bon gîte et bon repas, et comme il était trop tard pour qu'il pût continuer sa route, il entra dans ce rustique bouchon pour y passer la nuit et y prendre sa nourriture. Une servante joufflue, qui semblait échappée d'une toile de Rubens, le débarrassa de son sac, qu'elle emporta dans la chambre qu'il devait habiter, en même temps que l'aubergiste l'invitait à se désaltérer. Cet aubergiste qui s'approchait de lui avec son pichet de cidre frais tiré, c'était la Normandie qui s'avançait au-devant de l'artiste voyageur, son breuvage national à la main. Un peintre romantique n'aurait pas manqué de boire en portant un toast à cette terre glorieuse et féconde; Antoine fit moins de façons et but tout simplement parce qu'il avait soif.

L'idée lui vint ensuite de prendre un croquis de l'auberge où il venait de s'arrêter, et qui était dans une situation très-pittoresque. C'est alors qu'il s'aperçut de la perte de son album, et cela non sans une vive contrariété. Le jeune peintre était ainsi privé d'un itinéraire tout tracé auquel la précaution de Lazare avait ajouté des indications qui permettaient à Antoine de ménager le plus possible les ressources de son menu budget. Comme celui-ci commençait tant bien que mal à prendre son parti de cet accident, le hasard du voyage lui offrit bientôt comme compensation la bonne fortune d'une rencontre avec une connaissance parisienne. C'était un jeune homme qui avait été le camarade d'Antoine à l'époque où celui-ci fréquentait l'École des Beaux-Arts. Il se nommait Jacques, et retournait au Havre, où il avait des travaux d'ornementation à terminer à bord d'un navire appartenant à un grand seigneur anglais. Il était descendu à Mantes pour donner en passant une marque de souvenir à une femme qui habitait cette ville, et avec laquelle il avait eu jadis une liaison qui s'était prolongée pendant deux années. Jacques devait continer sa route par le train de nuit.

Les deux anciens camarades renouvelèrent connaissance et se racontèrent réciproquement leur vie depuis l'époque où ils avaient cessé de se voir. Cette existence était la même à peu de variantes près. Seulement, depuis trois ans le sculpteur Jacques avait renoncé à la statuaire pour se livrer à l'ornementation, branche de l'art qui se rapproche plus immédiatement des besoins de l'industrie.

Il avait acquis dans cette partie une habileté véritable, qui le faisait rechercher dans les principaux ateliers de Paris. C'était à lui que l'on réservait tous les travaux qui s'écartaient de la commande ordinaire.

— Que voulez-vous? dit-il à Antoine; j'avais rêvé mieux que cela; mais au bout du compte je suis encore heureux d'avoir pu trouver une ressource dans mon talent. Mes ébauchoirs me font vivre. J'ai des travaux en abondance. Si cette veine de prospérité se continue, dans trois ou quatre ans j'aurai amassé quelques économies qui me permettront de revenir à la sculpture et d'aborder avec toutes les conditions que réclame cet art, matériellement le plus coûteux de tous, une tentative sérieuse dont le résultat me fixera définitivement sur l'avenir qui m'est réservé comme artiste.

Ayant appris qu'Antoine avait le dessein de visiter la Normandie, Jacques parvint à décider le peintre à partir avec lui pour Rouen le soir même. J'ai une affaire dans cette ville; elle ne me prendra pas plus d'une heure, je me mettrai ensuite à votre disposition pour vous piloter dans le vieux Rouen, et dans un seul jour vous en verrez plus avec moi qu'un cicérone ne pourrait vous en montrer en une semaine. Au lieu de gagner le Havre par petites étapes comme vous en avez le dessein, je vous proposerai de nous y rendre tout d'une traite, en prenant le bateau qui fait le service régulier. Ce sera pour vous une occasion de voir les bords de la Seine jusqu'à so embouchure : c'est très-beau. Vous passerez avec moi une semaine ou deux au Havre : c'est tout ce qu'il me faut pour terminer mon travail. Une fois ma besogne achevée, nous battrons les chemins de compagnie. Je suis content de moi, je m'accorderai volontiers quelques vacances. D'ailleurs, nous voici dans une saison où j'ai peu de travaux. Cela vous convient-il? acheva Jacques.

Comme le plaisir du voyage est ordinairement doublé, si on peut le partager avec un esprit sympathique dont les sensations se font l'écho des vôtres, Antoine était fort disposé à accepter la proposition qui lui était faite, bien qu'elle dérangeât un peu ses plans. Il crut cependant devoir faire à son compagnon la confidence de certaines mesures économiques qui lui étaient imposées par la modicité de son budget. Il craignait surtout qu'un séjour prolongé dans la ville du Havre ne fît à ses finances une brèche trop sérieuse. Jacques le rassura pleinement à ce sujet. Habitué à courir les grands chemins, le sculpteur connaissait particulièrement les ressources du trajet et les moyens de vivre au meilleur compte possible. Il eût fait d'avance la carte de sa dépense dans une auberge, rien qu'à en regarder l'enseigne. D'ailleurs, dit Jacques à Antoine, pendant tout le temps que vous resterez au Havre, vous n'aurez besoin d'ouvrir votre bourse que pour des dépenses de luxe. *Le Roi Lear* nous offrira à tous les deux le gîte et le couvert : un excellent lit dans une jolie cabine et deux repas excellents à la table du capitaine Thompson, qui, d'après les ordres de mon client, lord W..., propriétaire du *Roi Lear*, m'a offert une hospitalité aussi cordiale que somptueuse que je vous propose de partager, si vous n'avez pas de répugnance à dormir sous la protection du pavillon britannique.

— Mais je n'ai pas les mêmes raisons que vous pour être hébergé par la Grande-Bretagne.

— Je vous en trouverai d'excellentes pour ménager votre susceptibilité, dit le sculpteur. Je vous ai connu autrefois très-habile dessinateur : vous pourrez abréger ma besogne en me donnant de temps en temps un coup de main; nous compterons ensemble après.

— Je vous rendrai ces petits services à une condition seulement, c'est que vous n'en ferez aucune, répondit Antoine. Mais que dira-t-on de nous voir arriver deux là où vous êtes attendu tout seul?

— C'est ce qui vous trompe, fit Jacques. J'ai prévenu le capitaine Thompson que je ramènerais de Paris un camarade pour m'aider, et après-demain soir ce brave marin fera ajouter deux couverts à sa table.

Antoine n'avait plus dans son amour-propre, qui était ultra-scrupuleux, aucune raison pour protester contre les arrangements qui lui étaient proposés; il se décida à profiter de l'aubaine, et le soir, à onze heures, il montait avec Jacques dans un train d'où, vers deux heures du matin, ils descendirent à Rouen.

La nuit était magnifique; un plein clair de lune répandait sur la vieille cité normande cette lumière si favorable aux grands effets. Bien qu'ils éprouvassent le même besoin de sommeil, les deux artistes ne purent résister au commun désir d'aller courir les rues. Tourmenté par cette fièvre d'impatience commune à tous les voyageurs novices, Antoine donna rapidement un à-compte à cette curiosité qui s'empare de l'esprit lorsqu'on arrive pour la première fois dans une ville où l'histoire et l'art d'un autre temps ont laissé de nombreuses traces. Après avoir parcouru principalement les quartiers qui ont le mieux conservé le caractère de leur date, les deux voyageurs prirent quelques heures de repos et retournèrent voir le lendemain, sous la lumière d'un grand soleil, la vieille ville, confusément devinée pendant leur promenade de la nuit. Lorsque Jacques eut terminé les affaires qui avaient motivé sa station à Rouen, au moment de partir pour le Havre, il apprit que le service de la compagnie des bateaux avait été momentanément suspendu. Antoine, qui avait été séduit par la perspective du voyage par eau, éprouva quelque contrariété à prendre la voie de terre. Ce fut alors qu'il se rappela les remorqueurs du commerce que lui avait désignés son ami Lazare. Jacques avait connaissance de ces bateaux, dont les capitaines consentent quelquefois à prendre, moyennant une rétribution insignifiante, des passagers qui ont plus de temps que d'argent à dépenser, car ces paquebots, qui sont presque toujours lourdement chargés et qui remorquent quelquefois d'autres navires jusqu'à l'embouchure du fleuve, sont exposés à mettre un jour ou deux pour effectuer un voyage qui peut se faire en six ou huit heures. Comme c'est le seul moyen qui nous reste pour aller au Havre par eau, et que je désire que vous voyiez les bords de la Seine, prenons les remorqueurs, dit Jacques. Je vous avertis seulement que nous n'y aurons pas nos aises et que nous risquons de rester un peu longtemps en route. Quant à moi, je n'ai pas annoncé mon retour à heure fixe.

— Je ne suis ni plus difficile ni plus pressé que vous, répondit Antoine.

—

II.

L'ATLAS.

Les deux artistes descendirent sur le quai, et voyant le remorqueur *l'Atlas* qui commençait à chauffer, ils demandèrent le capitaine, qui consentit à les recevoir à son bord et les prévint qu'ils eussent à embarquer des vivres. On partait dans une heure.

Au moment où Jacques et Antoine revenaient à bord, ce dernier lassa échapper un mouvement de surprise en apercevant sur le pont de *l'Atlas* les deux voyageurs avec lesquels il avait fait le trajet de Paris à Mantes.

— Vous connaissez ces personnes ? demanda Jacques,

qui avait vu son camarade saluer Hélène et son père, assis à l'arrière sur un ballot.

Antoine raconta comment il avait rencontré les voyageurs.

— Ce sont probablement des gens du pays, dit Jacques, car sans cela ils ignoreraient que les remorqueurs prennent des passagers.

— Non, fit Antoine, ils viennent de Paris, et c'est la première fois que la jeune fille voyage. J'ai su cela par son père, avec qui j'ai causé dans le waggon.

— En tous cas, ils ne ressemblent guère à des Parisiens. Elle est singulièrement vêtue. Voyez donc sa robe. Je connais un fauteuil qui est habillé de la même façon.

Sans qu'il sût pourquoi, cette plaisanterie fut désagréable à Antoine; aussi n'y donna-t-il pas cette réplique du sourire qui est un encouragement offert à celui qui plaisante.

— Mais à propos, reprit Jacques, puisque ces voyageurs étaient seuls avec vous dans le waggon où vous avez laissé votre album, ils pourraient peut-être vous en donner des nouvelles.

— Ils l'ont vu dans mes mais et savent qu'il m'appartient. S'ils se sont aperçus de mon oubli, ils m'en parleront sans doute.

Au même instant, les deux ou trois matelots qui composaient l'équipage de *l'Atlas* détachèrent les amarres, et le remorqueur vira lentement pour aller prendre le milieu du fleuve.

—Route! cria le capitaine au mécanicien. Les grandes roues commencèrent à se mouvoir, et le bateau, qui partait sur lest, fila avec assez de rapidité pour qu'on eût bientôt perdu de vue la flèche aiguë de Saint-Ouen. Pour échapper aux scories que la cheminée du remorqueur faisait pleuvoir sur leurs têtes, le père et la fille quittèrent l'arrière du bateau, où se trouvaient Antoine et Jacques, qui causaient en fumant avec le capitaine. Si nous allons ce train-là, disait celui-ci, nous entrerons au Havre à trois heures, à moins qu'il ne se rencontre en rivière des navires qui réclament le remorquage, ce qui retardera nécessairement notre marche.

— Pensez-vous que la mer soit calme quand nous y arriverons? demanda le voyageur à la longue redingote. Et il ajouta plus bas, en désignant Hélène : C'est à cause de ma fille que cela m'inquiète, c'est la première fois qu'elle s'embarque.

— Eh! eh! fit le capitaine, nous avons une grande marée aujourd'hui, et si le nord-ouest s'en mêle, comme cela en a l'air, nous pourrions bien danser un peu quand nous aurons passé la barre.

Cette nouvelle, qui fut rapportée à Hélène par son père, parut préoccuper la jeune fille.

— Est-ce que vous craignez réellement du mauvais temps? demanda Antoine au capitaine.

— Monsieur plaisante, interrompit Jacques, le vent est au sud, et tout ce que nous pouvons craindre, c'est une pluie d'orage pour la fin de la journée.

— Votre ami m'a compris, dit le capitaine en riant; mais quand il m'arrive des passagers qui n'ont pas navigué encore, je leur fais un peu peur d'avance, cela me distrait. Cependant, ajouta-t-il, la marée sera un peu forte.

— Singulière façon de plaisanter! dit tout bas Antoine à Jacques. Je suis sûr que cette jeune personne s'attend à rencontrer du mauvais temps, et cette crainte peut suffire pour gâter tout le plaisir de son voyage.

Le cas de retard qui avait été prévu se réalisa bientôt. Un caboteur et un brick anglais réclamèrent le remorquage de *l'Atlas*, dont la marche se trouva trop ralentie pour qu'on pût arriver à Quillebeuf assez à temps pour profiter de la marée. Aussi le capitaine fit relâcher à la Meilleraye, où l'on arriva un peu avant le coucher du soleil. Comme il était impossible de passer la nuit à bord, les passagers descendirent à la plus voisine auberge, où l'on dîna en commun. Après le repas, prolongé par l'interminable café normand, que la coutume du pays arrose d'un si grand nombre de libations aux noms bizarres, on sortit pour aller faire un tour de promenade sur le bord de l'eau. La soirée était magnifique. Dans la brise, un peu rafraîchie par la pluie qui venait de tomber, on sentait déjà un souffle salin. Le flux de la marée, sensible à cet endroit de la Seine, vastement élargie, et les mouettes qui volaient au-dessus des eaux bruyantes, annonçaient l'approche de l'Océan. Le soleil se couchait lent et majestueux derrière les hautes futaies du grand parc de la Meilleraye, qui paraissait être l'asile choisi par tous les oiseaux de la contrée. Peu à peu, les derniers feux du couchant s'éteignirent en passant par toutes les dégradations de lumière qui préparent l'arrivée du crépuscule, dont les ténèbres indécises enveloppèrent bientôt le fleuve et ses rives. Retentissements sonores des marteaux dans les chantiers, souffle régulier de la forge aux vitres ardentes, aigres gémissements de l'essieu, vibrations des clochettes du troupeau revenant de l'abreuvoir, tous les bruits de la journée affaiblirent progressivement leurs rumeurs familières, dont les vagues murmures s'étouffèrent avec l'accord harmonique d'un *decrescendo*. A l'exception du capitaine de *l'Atlas* et du père d'Hélène, qui étaient fort insensibles aux spectacles de la nature, l'aspect mélancolique qu'elle revêt à ces pâles heures du soir pénétrait les trois jeunes gens, qui marchaient ensemble sans se parler, sans se voir peut-être, isolés dans une rêverie commune. Ce fut Antoine qui le premier rompit le silence.

— Quel malheur que nous n'ayons pu continuer notre route! nous serions entrés en mer par cette belle nuit.

— Bah! répondit Jacques, vous avez bien le temps de la voir, la mer.

— Il me semble, reprit Antoine, que nous aurions aussi bien pu dormir la nuit sur le remorqueur et y prendre notre repas, puisque nous avions des provisions. Cela aurait toujours économisé les frais d'auberge.

— Parlez plus bas, lui dit Jacques; il n'est pas utile qu'on sache le secret de notre bourse.

Antoine se retourna, et à quelques pas derrière lui il aperçut Hélène, qui s'était arrêtée, assise sur une barque échouée, écoutant le refrain lent et monotone avec lequel les matelots du brick anglais accompagnaient une manœuvre.

— Il faut avouer que nous ne sommes guère galants, ni l'un ni l'autre, de laisser cette demoiselle toute seule.

— Il est vrai que je ne m'étais pas aperçu qu'elle nous accompagnait, dit Jacques.

— Je l'ignorais aussi, ajouta Antoine.

Comme ils parlaient, ils virent Hélène, qui retournait sur ses pas, sans doute pour aller à la rencontre de son père; mais l'un de ses pieds s'étant embarrassé dans une amarre qu'elle n'avait pas vue, elle fit un faux pas et tomba à terre. Antoine et Jacques accoururent près d'elle. Hélène s'était déjà relevée; sa chute ayant eu lieu sur un sable amolli par le remous de la vague, elle avait seulement un peu mouillé ses vêtements. Elle rassura les deux jeunes gens, qui semblaient craindre qu'elle ne fût blessée. Je croyais mon père derrière moi, dit-elle, et son accent trahissait l'embarras qu'elle éprouvait à se trouver seule avec deux inconnus.

— Voici monsieur votre père qui vient avec le capitaine, dit Jacques, apercevant la silhouette des deux hommes à une vingtaine de pas.

— Tu me laisses seule! dit la jeune fille à son père, qui venait de la rejoindre.

— Comment seule! interrompit le capitaine en désignant Antoine et Jacques. N'avez-vous pas deux cavaliers?

— Nous venons seulement de rejoindre mademoiselle, dit Antoine avec empressement.

— Est-ce que tu veux rentrer? demanda le père d'Hélène.

— Mais non, s'écria-t-elle avec vivacité, en se rapprochant de lui comme pour lui prendre le bras.

— Va devant, lui dit son père. Nous causerons avec le capitaine. Cela ne t'amuserait pas, dit-il d'un air singulier qui fut sans doute compris par sa fille, car elle se pencha à son oreille et lui dit très-bas et très-vite : Voilà encore que tu racontes tes affaires à une personne que tu ne connais pas! Elle acheva ces paroles avec un petit mouvement d'impatience.

— ... Je vous disais donc, capitaine, reprit le bonhomme en continuant sa conversation, que mon associé était un coquin, ce que je prouve dans un mémoire.

— Allons! murmura Hélène en s'éloignant le voilà parti!

— Permettez-moi de vous offrir mon bras, lui dit Antoine en la voyant marcher toute seule.

Elle s'appuya légèrement sur le bras qui lui était offert et continua sa promenade en ralentissant le pas de façon à ne laisser qu'une très-courte distance entre elle et son père. Mais celui-ci possédait une manie commune à certains bavards : quand il causait en marchant, il s'arrêtait devant son interlocuteur; puis, pour mieux faire pénétrer son raisonnement, il secouait rudement celui qui l'écoutait par le collet de son habit, et marquait chaque point du discours en lui frappant sur l'épaule. Les petites stations qu'il imposait au patient capitaine de *l'Atlas* s'étaient renouvelées assez fréquemment pour qu'il se trouvât encore une fois assez éloigné de sa fille. Qu'elle s'en fût aperçue ou non, Hélène semblait ne point y prendre garde; elle continuait à marcher tranquillement au bras d'Antoine, avec qui elle causait. Entraînée par le besoin que les natures naïves ont de s'épancher, elle lui faisait les confidences de ses impressions depuis qu'elle avait commencé ce voyage. Quel malheur que nous n'ayons pas pu entrer en mer par cette belle soirée! dit-elle avec regret. Peu d'instants auparavant, Antoine avait fait la même réflexion avec son ami Jacques. Celui-ci en fit tout haut la remarque. Cette communauté de regrets établit une espèce de sympathie qui rompit l'état de gêne que ressentent deux personnes étrangères mises momentanément et par hasard au bras l'une de l'autre. La causerie devint, sinon intime, au moins familière. Jacques y prenait part; il avait quelquefois dans sa façon de s'exprimer des figures qui amenaient le sourire sur les lèvres de la jeune fille, pour qui ce langage était nouveau. Comme la fraîcheur qui montait de la rivière lui causait un léger frisson, Jacques lui couvrit les épaules avec une vareuse qu'il portait sur son bras. Hélène voulut refuser d'abord et faisait un mouvement pour retirer ce vêtement; mais Antoine boutonna rapidement la vareuse sous le cou de la jeune fille.

— Mais décidément mon père m'abandonne, dit-elle en se retournant.

— Il nous suit, dit Jacques. J'aperçois le feu du cigare du capitaine.

— Il ne faut pas que ce soit ma présence qui vous gêne, reprit Hélène en s'apercevant que ses deux compagnons avaient abandonné leur pipe.

— Je suis *éteint*, dit Jacques, et je n'ai pas de feu sur moi.

— Allez vous rallumer au cigare du capitaine, fit Antoine très-naturellement.

— Compris! murmura le sculpteur à l'oreille de son ami et en lui poussant le coude.

Antoine devina que son ami avait supposé qu'il voulait se ménager un tête-à-tête. J'irai moi-même chercher du feu, dit-il avec vivacité, et il mit Hélène au bras de Jacques, au moins aussi étonné que sa compagne.

— Tâchez donc de ramener mon père, dit celle-ci. Nous allons vous attendre, ajouta-t-elle avec une certaine intention.

Antoine mit deux ou trois minutes à rejoindre le père d'Hélène, qu'il trouva encore arrêté avec le capitaine, auquel il parlait avec une volubilité extraordinaire.

— Je viens vous demander du feu, capitaine, dit Antoine. Mademoiselle votre fille vous attend, ajouta-t-il en se retournant vers le père d'Hélène.

— Allez toujours. Nous vous rejoignons, répondit celui-ci. Et rappelant le jeune homme au moment où celui-ci allait s'éloigner, il lui remit une espèce de pardessus qu'il avait sous son bras. Donnez donc, je vous prie, ce manteau à ma fille. Je crains qu'elle n'ait froid.

En se retirant, Antoine entendit le bonhomme qui disait à son compagnon : Oui, capitaine, c'est comme j'ai l'honneur de vous le dire. Je suis arrivé à Paris avec quatorze francs, et j'ai remué des millions... Comme il se hâtait et que le chemin était un peu obscur, Antoine accrocha par mégarde à une branche basse qui lui faisait obstacle le vêtement qu'on venait de lui donner pour Hélène. Après l'avoir dégagé, comme il le retournait en tout sens pour voir s'il ne l'avait pas déchiré, un objet s'échappa de la poche du pardessus. En se baissant pour le ramasser, Antoine reconnut avec surprise que c'était l'album oublié par lui dans le waggon. Il ralentit un peu son pas, assez intrigué par cette découverte, et se demandant pourquoi ni Hélène ni son père ne lui avaient parlé de cette trouvaille. Il ne voulut pas cependant reprendre l'album, et le remit dans la poche d'où il était tombé. Ils ne peuvent ignorer que cet album m'appartienne, pensait-il, car pendant le voyage ils me l'ont vu entre les mains. Pourquoi ne pas me le rendre ?... Après cela, il peut se faire qu'ils n'y aient point songé. Attendons.

En achevant ces réflexions, Antoine rejoignit Hélène et Jacques, qu'il retrouva à l'endroit où il les avait quittés. Voici un manteau que votre père m'a chargé de vous remettre, mademoiselle, dit-il à Hélène.

— Comment, mon père n'est pas venu avec vous ! fit celle-ci avec étonnement.

— Je l'ai laissé au milieu d'une conversation très-animée avec le capitaine ; au reste, ils nous suivent.

— Allons toujours alors, dit Jacques en remettant la jeune fille au bras de son ami. Nous ne pouvons pas nous perdre, puisque le chemin est tout droit.

Hélène avait substitué à la vareuse que Jacques lui avait mise sur les épaules le vêtement que venait de lui apporter Antoine. Tout en causant, celui-ci se préoccupait d'amener à propos dans la conversation quelque parole qui pût rappeler à sa compagne, au cas où elle n'y songerait pas, qu'elle avait en sa possession un objet qui ne lui appartenait pas. Comme on passait devant un puits entouré d'une grille qui paraissait très-curieusement ouvragée, Antoine dit à Jacques : Voilà, je crois, une jolie chose ; si j'en ai le temps demain, avant de partir, je viendrai faire un tour par ici avec mon album.

— Je croyais que vous l'aviez perdu dans le chemin de fer, répondit Jacques.

— Vous savez bien que j'en ai acheté un autre à Rouen.

Hélène ne dit pas un seul mot. Seulement Jacques remarqua qu'elle avait fait un mouvement. Le silence qu'elle gardait devant cette réclamation indirecte embarrassa singulièrement Antoine. Son album ne contenait aucun dessin achevé. Ce n'étaient pour la plupart que des croquis, renseignements pris en trois coups de crayon. Un grand nombre de feuillets convertis en memento renfermaient des adresses, des dates, des calculs, toutes les notes de la vie familière. Quel intérêt pouvait donc avoir cette jeune fille à vouloir garder ces feuillets insignifiants? Il ne se l'expliquait pas, et avait grande envie de le demander à Hélène; il se contint cependant et remit à un autre moment pour lui faire cette réclamation. La fraîcheur devenant plus sensible, Hélène pria les deux artistes de la ramener à son père, qu'elle voulait décider à rentrer.

Le capitaine ne put dissimuler sa satisfaction quand le retour des trois jeunes gens vint mettre un terme au bavardage de son obstiné passager. Hélène prit le bras de son père, et l'on regagna l'auberge, où chacun se disposa à se mettre au lit, car le capitaine avait demandé les pilotes pour quatre heures du matin. Antoine et Jacques se retirèrent dans une chambre commune. Comme ils n'avaient aucun désir de sommeil, ils se mirent à leur fenêtre et causèrent quelque temps en fumant. Antoine ne put s'empêcher de raconter à son camarade comment il avait découvert que la jeune voyageuse avait trouvé son album.

— Mais puisqu'elle paraît ne pas vouloir le rendre, le trouvant sous ma main, je l'aurais tout simplement gardé, dit Jacques. C'était votre droit.

Une transition de causerie rappela aux deux amis l'incident de la promenade qui, pendant quelques minutes, avait laissé Hélène seule avec Jacques.

— A propos, demanda Antoine, pourquoi donc supposiez-vous que je voulais vous éloigner pour rester seul avec cette demoiselle?

— Cette supposition était bien naturelle, répondit le sculpteur; vous vouliez m'envoyer à cent pas derrière vous pour chercher du feu, et vous aviez l'amadou dans votre poche; c'était me dire clairement: Va te promener. Au reste, vous avez pu voir que j'y allais de bon cœur.

— C'est pourtant vrai, j'avais le feu sur moi, fit Antoine en retrouvant dans sa poche la boîte d'amadou. Je vous affirme cependant que je l'ignorais. Je croyais au contraire que vous l'aviez conservé.

— Alors, reprit Jacques, il n'était pas utile de vous éloigner pour aller chercher du feu ailleurs; il fallait m'en demander.

— C'est que je voulais vous prouver que votre supposition de tête-à-tête n'était pas fondée.

— Ah! murmura le sculpteur, qui veut trop prouver ne prouve rien.

Voyant que son ami semblait encore conserver une arrière-pensée à ce propos, Antoine insista pour le dissuader. Jacques répondit à cette insistance par un éclat de rire. Que de mal vous vous donnez pour rien! dit-il à Antoine. Vous ressemblez à un homme qui prendrait une lieue d'élan pour franchir un caillou. En tout cas, ajouta-t-il, si c'était vous qui au lieu de moi fussiez resté seul pendant ces quelques minutes avec mademoiselle Hélène, il est probable que vous n'auriez pas été aussi bête que moi. Figurez-vous que sans y prendre garde, et plutôt pour dire quelque chose, je me suis mis à me plaindre de l'humidité et de la fraîcheur de la soirée, de façon que mademoiselle Hélène, à qui je venais de prêter ma vareuse, s'est excusée de m'en avoir privé et m'a proposé de me la rendre. Aussi vous avez vu avec quelle précipitation elle m'a restitué mon vêtement, quand vous lui avez apporté cette singulière enveloppe qu'elle appelle un manteau.

— Mais, mon ami, interrompit Antoine, votre réflexion justifiait cet empressement.

— Je ne dis pas non, fit Jacques; c'est égal, la jeune sonne est un peu susceptible.

Pendant que les deux jeunes gens s'occupaient ainsi d'Hélène, celle-ci, avant de rentrer chez elle, avait pris son père à partie et lui faisait des remontrances à propos de l'abandon dans lequel il l'avait laissée pendant la soirée, et le grondait aussi au sujet de la singulière manie qu'il avait de prendre le premier venu pour confident de ses affaires. Comment peux-tu croire que de tels récits puissent intéresser un étranger? lui disait-elle. A quoi cela sert-il de revenir sans cesse sur des événements que tu devrais au contraire t'appliquer à oublier, puisque le souvenir te trouble? Il s'ensuivit entre le père et la fille une discussion à laquelle celle-ci renonça la première, car elle ne se sentait plus maîtresse de son impatience et craignait de se laisser emporter plus loin que ne lui permettait d'aller le respect filial. Les deux amis l'entendirent rentrer chez elle et fermer sa porte, au moment même où ils regagnaient leurs lits, se rappelant qu'ils devaient être debout au point du jour.

Le lendemain, à quatre heures, un matelot de *l'Atlas* vint réveiller tous les passagers. Comme ils descendaient dans la salle commune, l'aubergiste les pria de lui communiquer leurs passe-ports, ou, s'ils n'en étaient pas pourvus, de s'inscrire eux-mêmes sur le registre de police. Il se passa alors une petite scène qui pendant quelques minutes parut tenir Hélène sur les épines. Son père, à qui l'on avait remis le registre pour qu'il s'inscrivît, ne terminait pas ses préparatifs : il trouvait l'encre trop épaisse, la plume trop grosse; il ne comprenait pas l'utilité de ce qu'on lui demandait; enfin il se décida. Voyant qu'il mettait à écrire beaucoup plus de temps que cela n'était nécessaire, sa fille passa sa tête par-dessus son épaule, pour voir ce qu'il écrivait. — N'en mets pas si long, lui dit-elle tout bas, ce n'est pas utile.

— Laisse-moi donc, je sais ce que je fais, lui répondit-il en la repoussant.

Hélène se mit à battre avec son pied des appels d'impatience. Elle voyait Antoine et Jacques se parler tout bas, et devinait que son père était l'objet de ces propos qu'elle supposait ironiques. Son père finit par déposer la plume; un autre ennui commença pour la jeune fille. En réglant le compte, son père entama une discussion avec l'aubergiste; il traitait celui-ci avec une familiarité qui semblait n'être pas de son goût, il comptait et recomptait sa note, dont le chiffre était une bagatelle. Voyant que l'on avait marqué deux bougies qui restaient presque entières, il exigea qu'on les lui laissât emporter.

— Mais ce n'est pas l'usage, lui faisait observer Hélène, rendue confuse par ces minuties.

— Comment! ce n'est pas l'usage de profiter de ce qu'on paye ? s'écria son père. Voilà qui est fort!

Sur un signe de son maître, la servante, qui était allée chercher les bougies, les remit au père d'Hélène en le priant de ne pas l'oublier. Le bonhomme était occupé à chicaner l'aubergiste, qui lui avait rendu parmi sa monnaie une pièce à peine marquée; il en réclama une autre. On la lui donna.

— N'oubliez pas la fille, dit la servante, qui le voyait resserrer son argent dans une bourse longue d'une aune.

— Ça en a tenu, ça, mon brave, fit le père d'Hélène, remarquant que l'aubergiste regardait sa bourse avec curiosité.

— Tant mieux pour vous ! répondit celui-ci.

Hélène se mordait les lèvres jusqu'au sang. Son père, toujours poursuivi par la servante, se décida à lui mettre quelque chose dans la main. La Normande lui fit une révérence moqueuse, et montrant le décime qu'il lui avait donné, elle ajouta : Merci, monsieur, c'est pour les pauvres.

Antoine, à qui l'on avait passé le livre de police, ne put s'empêcher de sourire en voyant une longue énumération qui remplissait plusieurs lignes et qui était à peu près ainsi conçue : « M. Denis-Désiré Bridoux, ancien entrepreneur des travaux du gouvernement, ancien prud'homme des métiers de Paris, ancien propriétaire, ancien juré, et mademoiselle Hélène Bridoux, sa fille, actuellement professeur diplômée au second degré par la Sorbonne de Paris, tenant un cours pour les jeunes personnes qui se destinent à l'instruction publique. On s'inscrit à Paris, rue..., nº .. Se rendant aux bains de mer. » Jacques se livra à toute sorte de plaisanteries à propos de cette notice singulière. En parlant de toutes ses anciennetés, il a oublié de parler de sa redingote qui paraît dater des croisades. C'est égal, ajouta le sculpteur; il est encore malin : il a fait une annonce à sa fille, mademoiselle la bachelière ès lettres.

Cette gaieté déplut à Antoine, qui se demandait intérieurement quand et par qui il avait entendu citer le nom qu'il venait de voir sur le registre. Au moment où les deux jeunes gens réglaient leur compte, le capitaine de *l'Atlas* entra dans l'hôtellerie accompagné des pilotes de la Meilleraye, qui devaient passer à son bord et à celui des deux autres navires remorqués par *l'Atlas;* ils venaient boire avant de s'embarquer. Vous m'avez amené un singulier voyageur, capitaine, lui dit l'aubergiste; il a coupé les liards en quatre avant de payer sa dépense, et il a écrit son histoire sur mon registre.

— Ah! parbleu, s'écria le capitaine en jetant un coup d'œil sur la note laissée par M. Bridoux; je la connais, son histoire : il m'a tenu pendant deux heures à me la raconter hier au soir.

— Mais si cela vous ennuyait, il ne fallait pas l'écouter, monsieur, dit tranquillement Antoine.

— Mais ce n'était pas possible, répliqua le capitaine sans se formaliser de l'interruption. Figurez-vous que le gaillard m'avait jeté le grappin après mon habit; il a fallu tout avaler. Par exemple, s'il lui prend la fantaisie de recommencer tantôt, je le fais fourrer dans la soute au charbon.

Comme le capitaine achevait de parler, Antoine, en levant les yeux sur la glace qui était au fond du comptoir, aperçut Hélène qui se tenait debout sur le seuil de l'auberge. A la confusion peinte sur son visage et à ses manières embarrassées, le jeune homme devina qu'elle avait dû entendre les propos tenus par le capitaine sur le compte de son père.

— Qu'y a-t-il pour votre service, mademoiselle? demanda sèchement l'aubergiste.

— Pardon, monsieur, répondit Hélène; c'est que j'ai oublié mon ombrelle dans la chambre; si vous vouliez avoir la bonté de l'envoyer chercher.

— Voilà la clef de la chambre, dit l'hôtelier en jetant une clef sur le comptoir; montez vous-même.

— Ne vous donnez pas la peine, mademoiselle, interrompit Antoine en prenant la clef; j'ai quelque chose à aller chercher chez moi; je descendrai votre ombrelle en même temps.

Avant qu'elle eût pu accepter cette complaisance, Hélène vit Antoine disparaître dans l'escalier. Jacques l'avait regardé tout étonné. C'est pour l'instant que la jeune personne aurait besoin d'ombrelle, dit le capitaine tout bas à l'oreille du sculpteur, car elle a l'air de piquer un fameux coup de soleil.

La phrase n'était pas achevée, qu'Antoine était redescendu et remettait à Hélène l'objet oublié par celle-ci.

— Qu'aviez-vous donc laissé dans votre chambre? lui demanda Jacques avec une intention malicieuse.

— Mon album, répondit Antoine.

— Décidément, vous n'avez pas de chance avec vos albums; vous les oubliez partout, dit le sculpteur assez haut pour être entendu de mademoiselle Bridoux, qui était à peine sortie.

— Allons, mes enfants, et vous, messieurs, en route! dit le capitaine en s'adressant aux pilotes et à ses passagers.

On gagna le canot de *l'Atlas*, mouillé à quelques toises

de la rive. M. Bridoux et sa fille étaient déjà dans le canot qui accosta *l'Atlas* en quelques coups d'aviron. Le remorqueur ne possédait pas d'escalier d'embarquement; deux ou trois tasseaux espacés le long du bordage formaient une saillie qui suffisait aux matelots pour monter à bord ou en descendre. M. Bridoux, qui n'avait pas le pied marin, se plaignit tout haut de la difficulté qu'on devait éprouver pour monter.

— Quand on veut ses aises, on ne navigue pas sur un bateau qui ne transporte que des marchandises; les barriques et les boucauts ne demandent pas d'escalier, dit sèchement le capitaine. Cependant, comprenant l'embarras dans lequel se trouverait la jeune fille, il fit descendre une échelle dans le canot pour qu'elle pût monter plus facilement. Son père profita de la circonstance; il monta après elle, assez embarrassé par les longues basques de sa redingote. A peine sur le pont, Hélène courut reprendre la place qu'elle y occupait la veille; son père alla se placer ailleurs : ils semblaient se bouder; un quart d'heure après, l'on était en route. Placés de chaque côté du bateau, deux matelots plongeaient alternativement dans l'eau la longue perche métrique qui sert à en mesurer la profondeur, et proclamaient à haute voix le résultat de chaque coup de sonde. Attentif à ces indications répétées d'une voix monotone, le pilote, les yeux fixés sur le timonier, lui indiquait, selon de mouvement imprimé à sa main, la marche qu'il devait suivre. Tous ces détails de navigation étaient nouveaux pour Antoine et excitaient sa curiosité. Quant à M. Bridoux, il paraissait fort inquiété par le travail de la sonde.

— Nous sommes donc dans un passage dangereux? demanda-t-il aux deux jeunes gens.

Jacques lui expliqua que les bancs de sable, souvent déplacés par le mouvement des eaux, nécessitaient l'emploi des pilotes; M. Bridoux alla porter ce renseignement à sa fille, qui se borna à lui répondre qu'elle aurait pu le lui fournir elle-même.

Après avoir dépassé Caudebec, où l'on s'arrêta quelques instants pour prendre de nouveaux pilotes et déposer ceux de la Meilleraye, Antoine et Jacques, dont l'appétit était aiguisé par l'air vif du matin, s'installèrent sur une grande caisse renversée pour y déjeuner avec les vivres embarqués la veille. M. Bridoux, qui avait eu la même idée et au même instant, demanda aux deux jeunes gens la permission de profiter d'un coin de leur table improvisée; il alla chercher auprès de sa fille le cabas qui contenait ses provisions. Hélène parut contrariée de ce déjeuner en commun, et refusa de prendre part à ce qu'elle considérait comme une indiscrétion de la part de son père. La véritable raison de ce refus, c'est qu'elle redoutait que M. Bridoux ne renouvelât auprès des deux amis quelque récit du même genre que ceux à propos desquels le capitaine de *l'Atlas* s'était exprimé avec la rancune d'un homme ennuyé.

Cet incorrigible penchant à une intimité trop immédiate, qui entraînait M. Bridoux à jeter dans l'oreille d'un étranger bon nombre de choses parmi lesquelles il s'en trouvait d'utiles à taire, était chez lui doublé d'une autre mauvaise habitude : il répondait quelquefois avec certaines formes de familiarité qui pouvaient n'être pas du goût de tout le monde et choquer des gens susceptibles ou mal disposés. Si délicatement qu'elle eût essayé de lui faire entendre raison, Hélène avait presque toujours échoué auprès de son père. Il ne pouvait comprendre qu'en appelant *mon brave homme* ou *mon cher* quelqu'un avec qui il causait depuis cinq minutes, il blessait au moins certains usages, s'il ne blessait pas la personne avec laquelle il employait ces locutions. Quand sa fille lui faisait quelque observation à cet égard, il avait coutume de répondre qu'il s'était trouvé en relations très-souvent avec de grands personnages, et que jamais ses façons d'agir ou de parler n'avaient porté atteinte à ses intérêts ou à l'estime qu'on faisait de sa personne. Hélène l'aurait confondu de surprise, et certainement il ne l'aurait pas crue, si elle avait tenté de lui prouver que, vu la nature de ses relations avec les grands personnages en question, ceux-ci avaient toute autre chose à faire qu'à prendre garde à ses façons d'être ou de n'être pas. D'ailleurs, loin de les blesser, l'ignorance de certains usages chez leurs inférieurs est au contraire une espèce de flatterie aux yeux des gens qui, par leur position, pensent être les seuls destinés à les connaître et à les pratiquer. Fille de sens, et du meilleur, Hélène souffrait de savoir que son père pouvait souvent trahir à l'observation des moins clairvoyants un manque de tact dont l'origine était un défaut d'éducation. Sa situation était d'autant plus pénible quand elle se croyait obligée de lui faire quelque remontrance, qu'elle craignait d'amener dans l'esprit de son père cette réflexion assez naturelle : que les bienfaits de cette éducation qu'il lui avait procurée n'étaient pas sans amertume pour lui, puisque Hélène en faisait usage pour remarquer les imperfections de la sienne.

Plus qu'en toute autre circonstance, la fille de M. Bridoux était contrariée de voir son père engager, si courtes qu'elles dussent être, des relations avec les deux jeunes gens que le hasard leur donnait depuis deux jours pour compagnons de voyage. En leur qualité d'artistes, elle pensait que les deux amis devaient avoir cette disposition à la moquerie qui est traditionnelle dans les ateliers, et elle redoutait que son père n'allât à la rencontre de quelque plaisanterie désobligeante. Cependant lorsqu'elle avait des craintes semblables, la préoccupation d'Hélène n'avait ordinairement que son père pour objet. Elle s'affectait de toute remarque malicieuse faite sur le compte de M. Bridoux; mais ce n'était qu'indirectement. Cette fois, et sans qu'elle se l'avouât peut-être, c'était pour elle-même qu'elle avait peur. Elle tremblait que certains propos paternels n'attirassent sur elle une curiosité embarrassante, et c'était pour y échapper qu'elle avait refusé d'accompagner M. Bridoux.

En voyant celui-ci revenir seul, Antoine lui avait demandé si sa fille ne viendrait pas.

— Plus de curiosité que de faim! répondit le père d'Hélène. La chère enfant ne sait plus où elle en est. Elle déjeune des yeux. C'est naturel : depuis six mois qu'il est question de ce voyage, vous comprenez, elle est toute désorientée; le grand air la grise. Ce n'est pas surprenant, quand on reste depuis trois ans toute la sainte journée le nez dans ses livres, et jamais la moindre distraction. Elle profite de son bon temps, elle a raison. Depuis que nous sommes en route, elle ne peut pas dormir, tant elle est inquiète de ce qu'elle verra le lendemain; la veille de notre départ, elle avait passé la nuit à se faire sa robe; ah! mon Dieu, en six heures ç'a été taillé et cousu; elle n'est pas couturière pourtant, mais elle a de l'idée, acheva M. Bridoux en se frappant le front.

— Elle est très-originale, cette robe, dit Jacques, à qui son ami lança un coup d'œil.

— Oui, répondit naïvement M. Bridoux, on n'en voit pas beaucoup de pareilles; c'est un fond de magasin qu'on m'a laissé pour presque rien, parce que l'étoffe est passée de mode. Dame! vous savez, chacun connaît sa bourse, n'est ce pas? J'ai pris le coupon tout entier; il m'en restera pour faire un rideau ou un couvre-pied...

— Ou une housse de fauteuil, interrompit Jacques d'un ton qui lui attira un nouveau regard d'Antoine.

— Oh ! je n'ai plus de fauteuil, répondit très-naturellement M. Bridoux. J'ai eu un excellent voltaire, mais il a été vendu avec tout le reste, à ma débâcle. Les brigands qui ont causé ma ruine ne sont pas parvenus à me déshonorer. J'ai forcé les huissiers qui sont venus saisir à regarder dans toutes les armoires. Ils me disaient : Mais, monsieur Bridoux, qu'est-ce que ça vous fait, si nous voulons avoir la vue basse? Je veux que vous voyiez tout, quand je devrais vous prêter mes lunettes. Tout ce qui est ici est le bien de mes créanciers. Je suis sorti de ma maison avec ma femme et ma fille sous mon bras. Mes créanciers m'ont racheté des meubles à ma vente, et m'ont renvoyé tout mon linge. Ma femme avait la manie de la toile; nous avions plus de soixante paires de draps. Ça a été vendu depuis. Vous entendez bien qu'on n'a pas besoin de tant de linge quand il ne vous reste plus qu'une armoire; c'est du pain pour les rats. C'est pour achever de vous dire, continua M. Bridoux en s'adressant à Jacques, que je n'ai pas besoin de housse, puisque je n'ai plus de fauteuil. Vous dire que ça ne me prive pas, si. D'abord on n'est jamais ennemi de ses aises, et puis, quand il venait à la maison une personne étrangère, je lui offrais mon voltaire, et je prenais une chaise; c'est une politesse ; je sais que cela se fait. Quand j'allais autrefois chez le ministre pour causer de nos affaires, il me montrait toujours un fauteuil. J'étais souvent appelé dans son cabinet; deux hommes qui se voient fréquemment, vous entendez... on finit par se lier. L'estime particulière qu'il me témoignait m'encouragea même à lui demander une marque de faveur. A l'occasion de la fête de ma femme, je donnais un grand dîner où je réunissais quelques amis, des fournisseurs, mes contre-maîtres, mon caissier, la marraine de ma fille, une personne très-bien élevée; je me hasardai à inviter le ministre. Ce n'était pas choquant, il n'était qu'un parvenu comme moi. Madame Bridoux serait particulièrement flattée si elle pouvait avoir l'honneur de vous recevoir, lui dis-je. Le ministre fut désolé; il était précisément invité au château. Il s'excusa poliment; rien à dire, vous entendez... Du reste, joli dîner, bien servi : vins de choix, marée fraîche, liqueurs des îles, tout ce qu'il fallait. Au dessert, la bonne apporte sur la table un grand carton; tout le monde se regarde. Vous êtes donc folle, Julie? dit ma femme; qu'est-ce que c'est que ça? La bonne répond qu'elle fait ce qu'on lui a commandé. Qui? demanda madame Bridoux. Comme j'avais mes raisons pour ne pas répondre, je jette mon couteau sous la table, et je fais semblant de le chercher. Je ne lève le nez que lorsque j'entends un grand cri d'admiration poussé par tous les convives. En ouvrant le carton, ma femme avait trouvé dedans un cachemire des Indes, un vrai cachemire; ça coûtait bien mille écus, mais, parole d'honneur, j'ai eu pour dix mille francs de plaisir à voir la joie de ma femme. Ç'a été une des belles soirées de ma vie. Le cachemire a été vendu aussi ; ma femme ne l'a jamais mis ; elle voulait l'étrenner au mariage de sa fille.

Dans ce temps-là, poursuivit l'infatigable discoureur, nous avions quelques idées sur mon neveu ; il avait reçu de l'instruction ; nous l'avions vu élever. Je dis à ma sœur : Si tu veux, je prendrai ton fils à la maison ; je l'emploierai à ma comptabilité. Eh bien ! plus tard, s'il se conduit bien, moi j'aurai fait ma pelote, je lui donnerai ma fille. Malheureusement sa mère était trop bonne : à seize ans, on lui permettait d'aller au spectacle ; il lisait des romans ; il rentrait après dix heures du soir. A seize ans, c'était fort. J'en fis l'observation à ma sœur. Quand il en aura vingt, il ne rentrera plus, lui dis-je. Il n'était pas à la maison depuis un mois, que je m'aperçus que j'avais fait une mauvaise acquisition. Ce fut mon caissier qui me prévint. Monsieur, votre neveu me gêne plus qu'il ne m'est utile, me dit-il ; il sort toutes les cinq minutes pendant une heure pour aller fumer des cigarettes dans la cour, et le peu de temps qu'il reste au bureau, il l'emploie à composer des chansons qu'il apprend aux ouvriers. Je fis appeler mon neveu : Je te reverrai avec plaisir comme parent, mais comme employé je ne peux pas te garder, lui dis-je. Je suis resté cinq, six ans sans le voir ; puis un beau jour il est débarqué à la maison avec une barbe de sapeur. C'était juste après mes malheureuses affaires. Je lui sus gré de s'être souvenu qu'il était de mon sang. Il faisait toujours des chansons, ça ne lui donnait pas meilleure mine. Je lui ai prédit que ses chansons le feraient crever de faim. Il ne veut pas avoir l'air d'en convenir. Quant à sa cousine, elle le reçoit très-froidement. Bonjour, bonsoir, jamais un mot de plus.

Ainsi parlait M. Bridoux, tout en déjeunant sur le pouce. C'était sa manière ordinaire de discourir. On comprendra qu'elle devait surprendre ceux qui l'entendaient pour la première fois. Antoine et Jacques se regardaient avec un égal étonnement. Il aborda ensuite avec la même faconde le chapitre de sa fille. Elle s'était vouée à l'instruction, et, pour être plus tôt en état de recueillir un bénéfice de cette profession, pendant trois années elle avait travaillé jour et nuit afin de conquérir les diplômes nécessaires pour avoir le droit de professer. Comme ces trois années d'études avaient été coûteuses, le ménage était dans un état voisin de la nécessité. Hélène courrait le cachet, en attendant qu'elle pût ouvrir un cours et être en état d'y recevoir des élèves. M. Bridoux énumérait, avec cette prodigalité de détails dont on a eu le spécimen, toutes les difficultés que sa fille avait dû vaincre pour terminer en trois fois moins de temps qu'il n'en faut ordinairement les études nécessaires. Son naïf orgueil atteignait presque à l'éloquence, quand il racontait comment Hélène espérait faire de sa science un élément de fortune qui pourrait assurer à son père une meilleure existence dans l'avenir. Il s'enthousiasmait en songeant à la science que possédait sa fille. Si on lui retirait tout ce qu'elle a dans la tête, disait-il, je suis sûr qu'on pourrait en emplir une grande bibliothèque. Ce qu'elle a là est incalculable, et rien que des livres sérieux, comme son cousin n'en a jamais ouvert. Je suis sûr, ajoutait-il, comme pour donner une idée de ces vastes connaissances, je suis sûr qu'elle pourrait nous dire le nom de tous les villages devant lesquels nous passons, car elle les connaît pour les avoir vus sur la carte.

Et sans aucune transition, M. Bridoux initiait ses auditeurs aux habitudes de la vie qu'il menait avec sa fille. Suivant une expression employée plus tard par Jacques, il ouvrait non-seulement à leurs regards les fenêtres de son intérieur, mais encore les portes des armoires. Souvent même Antoine et son ami s'étaient trouvés embarrassés par des révélations que l'on ne hasarde ordinairement qu'à l'oreille d'une amitié éprouvée. Bien qu'elle ne pût l'entendre, Hélène pouvait comprendre de quelle nature étaient les propos tenus par son père, rien qu'en suivant ses gestes, parmi lesquels elle en remarqua quelques-uns qui revenaient régulièrement, lorsque M. Bridoux entreprenait certains récits. La jeune fille devina qu'on s'occupait d'elle. Tout en s'efforçant de dissimuler sa surveillance, elle épiait la physionomie des auditeurs de son père et recherchait avec curiosité l'impression que pouvaient causer ses paroles. Il lui parut reconnaître dans l'attitude des deux jeunes gens quelque chose de plus que le semblant d'attention polie accordé par les gens bien élevés aux propos d'un bavard ennuyeux. Jacques, en effet, n'avait rompu par aucune parenthèse ironique cette narration confuse, lente et minutieuse. Il avait eu envie de rire souvent, mais il s'était contenu. C'est que dans sa causerie M. Bridoux avait de brusques ressauts d'une naïveté souvent niaise à un bon sens souventé levé. Son visage offrait un masque d'énergie que l'adversité n'avait pu vaincre; sa parole avait conservé ce ton élevé que donne l'habitude du commandement. Même sans en avoir été instruit, on devinait que c'était un homme qui avait vécu dans l'action, et pour qui l'immobilité devait être un supplice. Sa franchise à raconter ses affaires intimes à qui voulait bien l'entendre n'était après tout qu'un défaut qui lui nuisait à lui-même. Antoine l'avait écouté avec une attention véritable. Cette attention était surtout motivée par certains détails de la vie familière de M. Bridoux, dans lesquels il trouvait des points de rapport avec quelques autres de sa propre existence. Il établissait ainsi une ressemblance entre le père d'Hélène et sa grand'mère. Une autre raison qui le rendait attentif, c'est qu'il croyait reconnaître dans M. Bridoux l'oncle d'un de ses amis, membre de la société des buveurs d'eau, le poëte Olivier. Celui-ci lui avait quelquefois parlé d'un parent dont Antoine croyait reconnaître le type dans la personne de M. Bridoux. Quant à Hélène, Olivier n'en avait pas dit un mot ; ce silence causait l'indécision d'Antoine, qui s'abstint cependant de demander aucun éclaircissement au père de la jeune fille.

— Voilà un singulier personnage, dit Jacques, lorsque M. Bridoux se fut éloigné ; quel sac à paroles ! Je vous demande un peu si tout ce qu'il vient de nous raconter nous regarde.

— J'en conviens, répondit Antoine, mais avouez que ce que vous avez appris vous retire l'envie de plaisanter à propos de sa longue redingote et de la robe de sa fille.

— Est-ce que cette plaisanterie vous a déplu? demanda Jacques, un peu surpris de voir que son ami en avait gardé le souvenir.

— Aucunement, répondit Antoine avec un ton qui demandait à être cru ; seulement, si des apparences qui indiquent certains embarras ne trouvent pas d'indulgence chez nous, qui sommes à même d'apprécier ces embarras, où pourront-elles la rencontrer ? Mais j'oubliais que vous aviez rompu avec la misère.

— Rompu ! dit Jacques en riant ; nous sommes séparés provisoirement, mais le divorce n'a pas été prononcé, et d'un jour à l'autre notre brouille peut finir comme une querelle d'amour. Ce qu'il y a de certain, c'est que ce n'est pas moi qui ferai les avances. Avouez à votre tour, mon cher Antoine, reprit le sculpteur après un moment de silence, avouez que l'histoire de cette robe faite en une nuit, avec une étoffe à rideau, vous intéresse. Quand le père de la demoiselle vous a raconté ce beau trait, vous avez regardé celle-ci d'une telle façon que votre regard lui a mis une touche de vermillon sur les joues, et qu'elle s'est cachée derrière son ombrelle.

— Vous reconnaîtrez au moins que ce fait prouve toute absence de coquetterie chez cette jeune personne?

— Cette absence de coquetterie, que je blâme d'ailleurs chez une femme, ressemble peut-être au désintéressement d'une maîtresse que j'ai eue... et qui se passait de diamants toutes les fois que je ne lui en donnais pas. Cela est arrivé très-souvent.

Si indirect que fût le rapport établi par cette comparaison entre la personne d'Hélène et l'héroïne d'un souvenir galant, Antoine y parut désagréablement sensible et ne put le dissimuler. Jacques protesta contre toute intention désobligeante, et mit cette parole sur le compte d'une étourderie de langage. Si amicale qu'eût été la petite explication que les deux amis venaient d'avoir à ce propos, il en résulta cependant un moment de froid entre eux. Antoine alla s'appuyer contre le bastingage, regardant les rives du fleuve, qui allait toujours en s'élargissant; mais les sites, qui auraient pu le frapper en tout autre moment, n'apparaissaient que vaguement à sa vue distraite. Jacques a beau dire, pensait-il intérieurement, on pourrait croire qu'il a une antipathie contre cette jeune personne. De son côté, Jacques faisait cette réflexion, que la susceptibilité de son ami était peut-être bien exagérée, surtout se manifestant à propos d'une étrangère. Tout en se promenant sur le pont et en fredonnant l'air d'une chanson dont il essayait vainement depuis le matin de se rappeler les paroles, il s'approcha pour allumer sa cigarette de l'un des tambours auquel était accroché un tube où brûlait un bout de câble converti en mèche. Comme il continuait à fredonner, quelques vers de cette chanson qui le poursuivait lui revinrent subitement à la mémoire, et, pour s'exciter au rappel des autres, il chanta un peu plus haut. Hélène, qui était assise à quelques pas, détourna aussitôt la tête. Ce mouvement fut si vif, l'expression de curiosité étonnée qui parut sur son visage fut si spontanée, que Jacques s'interrompit et jeta sur la jeune fille un coup d'œil qui lui causa une sorte d'embarras, car elle se détourna pour parler à son père.

Sans tirer aucune conclusion de l'attention dont il venait d'être l'objet, le sculpteur continua sa promenade et aussi sa chanson, puis il alla se placer auprès d'Antoine; mais celui-ci ne laissa voir par aucun signe qu'il eût remarqué sa présence. Ah! fit Jacques, un peu piqué de ce silence, il me tient encore rancune; quand cela sera passé, il le dira. Et il se remit à fredonner le couplet qu'il était parvenu à reconstruire, et qui avait été entendu par la fille de M. Bridoux :

Enveloppé d'épaisse prose
Comme de flanelle un frileux,
Laisse parler l'esprit morose
Qui s'est trop pressé d'être vieux...
Le chardon médit de la rose :
C'est le péché des envieux.

— Tiens! s'écria Antoine en sortant brusquement de sa rêverie, vous connaissez cela! où donc l'avez-vous entendu chanter et quand?

— Il y a longtemps déjà, répondit Jacques. C'est par une femme que j'ai connue autrefois ; tenez, justement par celle que j'aurais désiré revoir à Mantes. Elle me disait même que ces couplets avaient été faits pour elle; mais c'était un mensonge greffé sur une vanité. La chanson me plaisait, surtout parce que c'était un signal convenu pour nos rendez-vous. Elle chantait bien faux cependant; mais vous savez, quand on est dévot, la cloche a beau être fêlée, on aime à entendre l'*Angelus*. Je ne sais pas comment cette chanson m'est revenue ou plutôt ne m'est pas revenue; mais depuis tantôt cela me tracasse. Vous savez, un air qu'on veut se rappeler, c'est agaçant comme si on avait quelque chose dans les dents. A propos, vous la connaissez donc aussi, cette chanson? dit Jacques; est-ce que ce serait la même personne qui nous l'aurait apprise à tous les deux?

— Je tiens ces couplets d'un de mes amis, répliqua Antoine.

— Si vous les savez, dites-les-moi.

— Je suis comme vous, la mémoire me fait défaut.

Il murmura pourtant, sur l'air fredonné par son ami, ces deux vers :

Pourrais-tu donc perdre sans peine
Ainsi ta plus belle saison ?

— Attendez donc, j'y suis, interrompit Jacques.

Lorsque dieu d'amour, la main pleine,
Fait sa divine semaison,
Tu peux ouvrir ton cœur...

— Aïe! fit Jacques, je ne sais plus. Antoine reprit :

Tu peux ouvrir ton cœur, Hélène.
Le semeur voudra la moisson.

Au moment où il achevait ce couplet, Antoine se frappa le front comme un homme saisi d'une idée. Ah!... fit-il; puis il s'arrêta tout à coup en voyant son compagnon faire exactement le même geste. Ah çà! décidément cette chanson est célèbre, dit Jacques; nous sommes trois personnes qui la connaissons sur ce bateau. Et il raconta à Antoine ce qui s'était passé entre lui et mademoiselle Bridoux quelques instants auparavant. Mais à quel propos vous êtes-vous récrié en achevant ce couplet? demanda le sculpteur à son compagnon. Est-ce que vous auriez le même soupçon que moi?

— Quel soupçon?

— Mais que mademoiselle Bridoux... est l'héroïne d cette chanson.

— Non, fit Antoine avec une espèce de contrainte, j n'ai pas cette idée; il n'y a pas qu'une Hélène au monde.

— C'est juste, reprit Jacques, mais il est probabl qu'il n'y en a qu'une sur ce bateau, et comme elle s'es retournée de mon côté quand j'ai chanté, j'en tire cette conclusion très-raisonnable que je vous exprimais; il se pourrait fort bien que...

Un bruyant coup de cloche se fit entendre à l'avant du remorqueur et interrompit Jacques; on allait arriver à une station. C'était Quillebeuf. Une trentaine de vaisseaux attendaient la marée pour lever l'ancre. Le capitaine d *l'Atlas* prévint les passagers qu'on allait s'arrêter au moins deux heures, et qu'ils pouvaient descendre en ville.

— Je vous demanderai la permission de ne pas vous accompagner, dit Jacques; je tombe de sommeil, je vais me reposer jusqu'au départ.

— J'ai presque envie d'en faire autant, répondit Antoine.

— Je vous conseille de descendre et d'aller faire un tour dans la ville. Il y a une petite église assez jolie e un cimetière où vous trouverez de curieuses inscriptions; après cela, c'est comme vous voudrez.

Comme il était indécis, Antoine aperçut M. Bridoux et sa fille qui passaient sur la planche restée comme u trait d'union entre le remorqueur et un chaland amarré au quai. Ne voulant point paraître les suivre, il attendit qu'ils eussent disparu pour prendre le même chemin.

— Il n'y a plus de doute, pensa-t-il, M. Bridoux est l'oncle d'Olivier; mais celui-ci ne m'avait pas dit qu'il fût amoureux de sa cousine. Cependant cette chanson qui a fait retourner Hélène indique le contraire. Je n'y pensais plus, à cette chanson. Pour que cette jeune fille l'ait reconnue, comme le dit Jacques, il faut bien que son cousin la lui ait donnée... Eh bien! qu'est-ce que cela prouve? se demanda-t-il à lui-même, très-étonné en remarquant que depuis quelques heures mademoiselle Bridoux ou ce qui se rattachait à elle n'avait pas cessé d'occuper sa pensée. C'est à peine si j'ai vu le paysage depuis la Meilleraye, se dit-il avec reproche.

—

III

LE CIMETIÈRE.

Selon l'indication que lui avait donnée Jacques, Antoine se rendit à la petite église qui est voisine de la jetée, et située au milieu du cimetière. Comme il y entrait, il aperçut de loin M. Bridoux et sa fille agenouilllés devant une chapelle, à la voûte de laquelle était suspendus de nombreux *ex-voto* en forme de navires, déposés là par la piété des riverains, la plupart pêcheurs ou marins. Antoine fut contrarié de rencontrer les deux passagers du remorqueur. J'ai l'air de les avoir suivis, pensait-il. Il eut un instant l'idée de se retirer; mais il fit cette réflexion, qu'une église étant une curiosité artistique, il était très-naturel qu'elle attirât un étranger de passage, et il s'avança dans la petite basilique, qui est d'une date déjà ancienne.

L'une des cinq ou six chapelles latérales était placée sous l'invocation de la patronne de sa grand'mère. La bonne femme avait une vénération particulière pour cette sainte, et son habitude était de lui faire brûler un cierge tous les dimanches, lorsqu'elle allait entendre la messe dans une paroisse éloignée de son quartier où sa patronne avait un autel. Antoine n'était pas dévot; c'était un des mille indifférents comme la jeunesse moderne en compte tant dans toutes les classes. Cependant il n'avait jamais pensé et on ne lui avait jamais entendu dire rien qui pût blesser les choses saintes; il avait surtout un profond respect pour la foi réelle de sa grand'mère, et il lui vint l'idée de faire pour elle et en son nom ce qu'elle n'eût pas manqué de faire, si elle se fût trouvée où il se trouvait. Antoine chercha des yeux s'il n'apercevrait pas un bedeau pour faire ajouter un cierge à ceux qui brûlaient à demi consumés sur l'if de la chapelle. Un petit garçon de huit ou neuf ans, vêtu comme les enfants de chœur, sortit au même instant de la sacristie; Antoine l'appela par un signe et lui exprima son désir.

— Vous voulez faire un cierge? dit l'enfant; le père Boisseau n'y est pas; mais je sais où il met sa boîte. La voulez-vous grosse, la chandelle?

— Comme celles qui sont là, répondit Antoine en montrant l'if.

L'enfant de chœur s'éloigna et revint bientôt apportant un petit cierge. C'est six sous, dit-il en l'allumant et en le piquant sur l'if.

Au moment où il lui donnait l'argent, Antoine entendit des pas sur la dalle : c'étaient M. Bridoux et sa fille qui traversaient la nef. Hélène s'arrêta un instant, et Antoine, qui se sentit observé dans cet acte de foi fait pour le compte d'un autre, en éprouva une légère confusion. A la porte de l'église, il se rencontra avec Hélène et son père; celui-ci trempa son doit dans le bénitier et fit le signe de la croix; sa fille, qui s'apprêtait à l'imiter, se retourna vers Antoine, qui était auprès d'elle, et lui tendit deux doigts; Antoine, qui ne s'attendait pas à cela, avança une main.

— Pas celle-là, dit doucement Hélène.

Antoine avait tendu la main gauche. Il fit le signe de la croix : il lui sembla que mademoiselle Bridoux observait comment il s'y prenait.

En arrivant sous le porche de l'église avec ses deux compagnons, Antoine aperçut l'enfant de chœur qui parlait à une petite fille de cinq ou six ans; il lui désignait les trois voyageurs. Comme ceux-ci redescendaient l'escalier qui donne sur la place de l'église, la petite fille courut après eux; avec un accent normand très-prononcé, elle vint leur demander s'ils ne voulaient pas voir le cimetière. Je pourrai vous conduire au tombeau de Rose Lacroix; ah! c'est que c'est le plus beau de tout le cimetière, et de tout le pays aussi! dit avec orgueil la petite Normande.

— Allons! dit Antoine à la petite fille.

— Allons! répéta Hélène en prenant le bras de son père.

La petite fille guida les voyageurs dans ce cimetière, qui avait la coquetterie d'un jardin soigneusement entretenu. On s'arrêta auprès d'une tombe ayant beaucoup plus d'apparence que les autres; elle était construite en marbre blanc. Sur l'une des faces, un bas-relief assez grossièrement exécuté représentait un bateau dont le mât était brisé, et dont la voile flottait déchirée. Dans la partie du bas-relief qui figurait la mer, une jeune fille se débattait contre la vague, et élevait en l'air une main qui tenait un bouquet. Au-dessous de cette sculpture commémorative, on lisait en lettres creusées : *Le 8 septembre 184..*. La petite Normande donna aux voyageurs le temps d'admirer ce monument; puis, à la première question qui lui fut adressée par Antoine, elle s'assit sur une pierre, mordit une grande bouchée dans la tartine qu'elle tenait à la main, et, déposant son pain à côté d'elle, elle commença, avec cette voix traînante des enfants qui récitent une leçon, l'histoire de Rose Lacroix. C'était un récit fort simple. Rose Lacroix avait été élevée avec un garçon du pays, ils s'étaient aimés tout enfants, et se l'étaient dit quand ils avaient cessé de l'être; mais la pauvreté du garçon, qui s'appelait Guillaumin, avait été un obstacle à son mariage avec son amie d'enfance. Ce fut alors que Guillaumin s'engagea pour aller à Terre-Neuve. Quand il aurait eu amassé la dot que lui demandaient les parents de Rose, il devait revenir pour l'épouser. Rose lui avait promis de l'attendre, ne dût-il revenir qu'en *cheveux blancs*. Au bout de cinq ans, Guillaumin n'était pas revenu, et Rose ayant trouvé d'excellents partis, ses parents voulurent la marier; mais elle avait toujours refusé, malgré les mauvais traitements que ces refus lui attiraient dans sa famille. Comme ses parents l'avaient menacée de la mettre dans un couvent, si elle ne voulait pas obéir, elle avait déclaré qu'elle se tuerait plutôt que de ne pas attendre Guillaumin, comme elle l'avait promis. Le curé, qui avait été prévenu de ce dessein, lui avait dit que si elle se donnait la mort, elle ne serait pas inhumée en terre sainte et mourrait damnée; il l'exhortait à obéir à ses parents; Rose répondait qu'elle serait aussi bien damnée, si elle manquait au serment qu'elle avait fait à Dieu d'attendre Guillaumin, et elle attendit.

Une nuit, en revenant de Tancarville, où on l'avait invitée à être marraine d'un bateau de pêche, celui dans lequel elle se trouvait avec son père et deux ou trois amis fut assailli à deux lieues de Quillebeuf par un terrible coup de vent. Rose était tombée à l'eau et avait disparu. En débarquant à la jetée, le père de Rose trouva Guillaumin revenu de la veille. Le jeune homme attendait avec toute sa famille le retour de celle qui devait être sa femme, car il avait une petite fortune dans les pays d'outre-mer. Après le premier moment de désespoir, Guillaumin recouvra toute sa raison. Il déposa toute sa fortune, cinq ou six mille francs, chez un notaire, et déclara que la somme appartiendrait à celui qui retrouverait le corps de son amie. Comme elle avait péri dans cette partie du fleuve qui est séparée de la mer par cet endroit de l'embouchure qu'on appelle *la Barre*, il pouvait se faire que le cadavre fût encore en Seine. Tous les gens qui possédaient une embarcation, tentés par la brillante récompense, se mirent en route. Deux heures après, plus deux cents bateaux croisaient entre Quillebeuf et Tancarville. Guillaumin, dans un canot à six avirons, dirigeait les recherches. Le soir toute la flottille rentrait sans que sa croisière eût ramené celle qu'on avait tant cherchée. Guillaumin récompensa tous les pêcheurs, puis il alla s'asseoir sur le bord du fleuve, à l'endroit même où Rose avait reçu ses adieux le jour de son départ et où elle lui avait juré de l'attendre. Aucune prière, aucun raisonnnement ne purent le ramener chez lui. Il était comme fou. Elle m'a juré de m'attendre, et elle m'a tenu parole. Moi je jure de l'attendre aussi.

Quand on voulut employer la force pour l'arracher de cet endroit, Guillaumin tira un couteau et menaça de se tuer si on portait la main sur lui. On attendit qu'un moment de faiblesse pût le livrer sans péril. Au bout de dix-huit heures, Dieu, selon les gens du pays, l'avait pris en pitié et faisait un miracle. La marée ramenait le corps de Rose à l'endroit où son amant l'attendait. Dans l'une de ses mains serrées par l'agonie, elle avait conservé le bouquet de roses blanches qu'elle portait au baptême du bateau. Guillaumin s'en empara d'abord. Rose fut enterrée le surlendemain. Pendant les deux jours qui précédèrent cette triste cérémonie, Guillaumin avait disparu. Une heure avant le départ du cortége pour le cimetière, on le vit reparaître et prendre part au repas des funérailles, qui est une coutume du pays. Il avait un crêpe au bras et parlait de Rose comme si elle eût été véritablement sa femme. Toutes les jeunes filles du pays, vêtues de blanc, suivirent le convoi. En arrivant au cimetière, on apprit du fossoyeur que c'était Guillaumin qui avait creusé la fosse lui-même. Il avait retiré tous les cailloux qui se trouvaient mêlés à la terre; on en voyait un tas sur le bord. Comme on allait descendre le cercueil, une des cordes se rompit. L'un des hommes choisis pour cette triste besogne s'y prenait mal pour renouer la corde, Guillaumin la lui prit des mains : Donnez, je vais faire un nœud à la marinière, dit-il tranquillement. La besogne faite, il aida les fossoyeurs à descendre la bière, et jeta dessus la première pelletée de terre. Lorsque la dernière eut entièrement comblé la fosse, Guillaumin se mit à genoux et pria un moment; puis il tira de sa poche un petit pistolet, le posa sur son cœur et se tua. On apprit le soir par le notaire du pays qu'il avait laissé un testament. N'ayant aucun parent, il léguait son bien à la première fille ou au premier garçon du pays qui n'aurait pas de dot pour épouser celui ou celle qu'ils auraient choisi. L'exécution de cette volonté était remise à la probité du notaire. Celui ou celle qui devait profiter de cette dot s'engagerait à entretenir cinquante rosiers plantés sur la tombe de Rose. Une seconde clause fixait une somme destinée à un architecte avec lequel le testateur s'était entendu pour l'élévation d'un monument. « Aucun argent, disait une dernière clause, ne sera employé à faire dire des messes pour Rose et moi. Rose est une sainte qui n'a pas besoin de prières, et comme je mourrai damné, je n'en ai pas besoin non plus; *ce serait de l'argent perdu.* » Les volontés de Guillaumin avaient été fidèlement exécutées. La tombe de Rose était devenue à Quillebeuf ce que le tombeau d'Héloïse est au Père-Lachaise, un lieu consacré par les amants. Trois ou quatre cents noms étaient écrits ou gravés sur le marbre funéraire.

Telle fut l'histoire récitée par la petite Normande, qui s'interrompait de temps en temps pour mordre dans sa tartine, ou pour chasser les abeilles qui voltigeaient autour de sa tête. Bien qu'elle eût été racontée avec précipitation et indifférence, cette aventure avait la poétique saveur de la légende recueillie sur place. M. Bridoux, qui n'accordait qu'une dose de sensibilité très-restreinte à tout ce qui approchait du romantique, ne prit qu'un intérêt médiocre aux deux héros de ce drame. Bah! dit-il, je m'attendais à autre chose que cela. C'est un roman ; ce n'est pas une histoire.

— Si, interrompit sa fille, puisque c'est arrivé.

— Sans doute, répliqua M. Bridoux; mais il n'y a pas assez longtemps pour que ce soit une histoire.

Antoine jeta sur M. Bridoux un regard qui fit baisser les yeux à sa fille. Cependant, reprit l'artiste en paraissant particulièrement s'adresser à Hélène, la mémoire de ces deux jeunes gens vivra longtemps dans ce pays. Leurs noms deviendront populaires comme l'étaient ceux de Roméo et de Juliette avant que la poésie les eût rendus immortels.

M. Bridoux regarda Antoine d'un air profondément étonné; Hélène elle-même semblait, par son regard, s'excuser de ne pas répondre. Pendant ces courts propos, la petite fille avait enjambé la grille de la tombe et cueillait des roses. Antoine, s'étant aperçu de ce qu'elle faisait, voulut l'arrêter. On ne prend pas des fleurs dans un cimetière; ce n'est pas un jardin, lui dit-il doucement; laisse ces roses, ma petite.

— Oh! fit l'enfant en riant, je peux bien prendre un bouquet à ma sœur, peut-être.

Antoine ayant forcé la petite fille à s'expliquer, celle-ci raconta naïvement qu'elle était la sœur de Rose Lacroix.

La tombe de Rose étant célèbre dans le pays, elle racontait l'histoire que l'on connaît aux voyageurs de passage, et quand il y avait des dames, elle leur donnait des roses, qui avaient, disait-elle naïvement, le don de leur faire connaître si leur *bon ami* était fidèle, suivant qu'elles restaient plus ou moins longtemps fraîches. On lui donnait ordinairement quelque monnaie pour son histoire et pour ses fleurs. En allant offrir les roses à Hélène, la petite lui dit en faisant la révérence : Ce sera ce que vous voudrez.

Le père de Rose se faisait ainsi un revenu de l'événement qui l'avait privé d'une fille, et il avait dressé son autre enfant à le lever sur la curiosité ou la sensibilité des curieux. Ah! fit Hélène en rejetant les roses, c'est affreux.

— Pauvre fille! murmura tristement Antoine en se penchant sur la tombe. Quelle profanation !

La petite fille, qui ne rencontrait pas toujours des personnes aussi scrupuleuses sur le respect que l'on doit aux morts, et qui ne comprenait rien aux reproches qu'on lui adressait, s'avança auprès d'Antoine, et lui offrit un bout de crayon noir pour qu'il écrivît son nom. Ça porte bonheur au monde, dit-elle en reprenant le ton d'un cicérone qui fait une explication; on dit partout que ma sœur vient lire la nuit les noms des personnes qui se sont intéressées à elle, et elle en parle au bon Dieu dans ses prières.

— Voici déjà la superstition qui se mêle à la vérité, dit Antoine en regardant Hélène. Quand le marbre de cette tombe sera en ruine, la tradition en perpétuera le souvenir. On viendra encore, et de loin peut-être, chercher des roses à cette place, et on ne les vendra plus.

Voyant que le jeune homme ouvrait la porte pratiquée dans la grille, M. Bridoux ne put retenir un geste d'étonnement. Vous allez réellement écrire votre nom? demanda-t-il à Antoine.

— Et pourquoi non? répondit celui-ci avec vivacité; on salue bien les morts quand on se rencontre sur leur passage; on peut leur rendre hommage quand on visite leur tombe. Dans celle-ci repose une honnête fille. Et d'ailleurs, ajouta Antoine, parmi tous ces noms qui s'y trouvent déjà, voici deux ou trois signatures célèbres et une illustre.

Il nomma un grand poëte auquel sa visite au tombeau de Rose Lacroix avait dû rappeler le douloureux souvenir d'un événement qui avait eu pour théâtre un lieu voisin. Hélène s'avança pour voir les deux vers qu'il avait écrits au-dessus de son nom. Vous n'écrivez pas, mademoiselle? dit Antoine.

Hélène désigna son père d'un coup d'œil; mais comme celui-ci parlait à la petite Normande, la fille de M. Bridoux dit tout bas et très-vite : Écrivez pour moi, je m'appelle Hélène.

— C'était le nom d'une sœur que j'ai beaucoup aimée, répondit Antoine, qui écrivit le nom de la jeune fille après le sien.

Comme ils entendirent la cloche du remorqueur qui sonnait pour le départ, les trois voyageurs quittèrent le cimetière, laissant leur petite conductrice très-étonnée de ce qu'ils n'avaient pas voulu emporter les roses, et surtout de ce qu'ils ne lui avaient rien donné pour l'histoire de sa sœur.

— Ces Normands! disait M. Bridoux en faisant allusion à ce trafic, ça ne laisse rien traîner tout de même.

Quand on remonta à bord de *l'Atlas*, Jacques était sur le pont. Il sourit en voyant reparaître Antoine en même temps que M. et mademoiselle Bridoux. Antoine lui raconta sa visite au cimetière, mais il s'abstint de raconter ce qui avait pu se passer de particulier entre lui et Hélène.

— Eh bien! savez-vous ce que j'ai fait pendant votre absence, moi?

— Vous avez dormi.

— Non, répondit Jacques, j'ai cherché la chanson qui me tracassait tant.

— Et vous êtes parvenu à la retrouver ?

— Oui, mais pas dans ma mémoire; je l'ai trouvée par terre... sur le pont... à la place où était mademoiselle Bridoux quand elle s'est retournée pour m'écouter chanter.

Et Jacques montra à son ami une feuille de papier sur laquelle la chanson était entièrement transcrite.

— Ce n'est pas l'écriture d'Olivier, dit Antoine, comme se parlant à lui-même.

— Qui cela, Olivier? demanda Jacques.

— L'auteur de cette chanson, un de mes amis, et s'il faut tout vous dire, acheva Antoine, je crois que c'est le cousin de mademoiselle Bridoux.

— Allons donc! s'écria le sculpteur en faisant claquer sa main, j'étais bien sûr que la chanson l'intéressait. Son cousin l'a faite pour elle: c'est clair. Au fait, voulez-vous que je vous dise mon avis? Ce petit papier-là a une odeur d'amourette, ajouta le sculpteur en secouant la chanson.

— Vous avez peut-être raison, fit Antoine; cependant Olivier ne m'a jamais dit qu'il songeât à sa cousine.

— En tous cas, sa cousine songe à lui, puisqu'elle emporte ses œuvres en voyage, reprit Jacques. Cependant cette écriture paraît fraîche; on dirait que ces vers ont été copiés récemment.

— C'est vrai, dit Antoine.

— Attendez donc, dit le sculpteur. Et fouillant dans sa poche, il en tira une feuille de papier à lettre, toute froissée. C'est le papier que j'ai demandé hier soir à l'aubergiste de la Meilleraye, quand j'ai eu épuisé mon cahier de cigarettes; vous vous rappelez?

Antoine inclina la tête.

— Eh bien! comparez, continua son ami : ce papier est le même que celui sur lequel se trouve la chanson, d'où je conclus qu'elle a été écrite hier ou ce matin par mademoiselle Bridoux.

— Et moi, fit Antoine, je sais pourquoi elle n'a pas

voulu me rendre mon album. Olivier y avait écrit sa chanson; je me le rappelle.

— Est-ce que la mer vous fait déjà de l'effet? dit tranquillement Jacques. Vous changez de couleur.

— Nous sommes en mer? s'écria Antoine.

— A peu près, répondit son ami. Nous passons la barre.

Antoine courut à l'avant du remorqueur, afin de mieux voir. Sur la gauche, au loin, on apercevait vaguement les maisons d'Honfleur; sur la droite, la flèche aiguë de la cathédrale d'Harfleur découpait sa vive arête dans le bleu du ciel. Devant et au loin, une ligne immobile se confondait avec le ciel à la dernière limite de l'horizon : c'était la mer. Antoine et Hélène, accoudés sur le bastingage, regardaient devant eux. Isolés dans l'impression que leur causait ce grand spectacle et ne se sachant pas voisins, ils demeurèrent ainsi immobiles et sans parler, jusqu'au moment où le mouvement du remorqueur révéla l'approche de la pleine mer.

En effet, *l'Atlas* avait dépassé Honfleur, et l'on était arrivé en vue des hauteurs de la Hève. L'Océan se montrait dans toute son immensité.

— Ah! que c'est beau, que c'est grand! murmura Antoine.

— Ah! que c'est beau! murmura Hélène.

Les deux jeunes gens se regardèrent, complétant par leur regard ce qu'il ne leur était pas possible d'exprimer par des mots. Tout à coup un mouvement de tangage assez vif fit pencher Hélène: Antoine la retint et vit qu'elle pâlissait. Êtes-vous malade? lui demanda-t-il.

—Moi, malade! s'écria Hélène; moi, malade! Et frappant joyeusement dans ses mains, elle ajouta : Oh! jamais je n'ai été plus heureuse; non, jamais, répéta-t-elle en donnant à sa parole un accent particulier.

— Ni moi, mademoiselle, répondit Antoine d'une voix qui n'était pas moins émue.

Ils échangèrent un long regard surpris par Jacques, qui, s'étant approché sans paraître prendre garde aux deux jeunes gens, fredonnait à mi-voix :

Pourrais-tu donc perdre sans peine
Ainsi ta plus belle saison?
Lorsque dieu d'amour, la main pleine,
Fait sa divine semaison,
Tu peux ouvrir ton cœur, Hélène,
La semeur voudra sa moisson.

Une demi-heure après, le remorqueur entrait dans le port du Havre.

—

IV

LE GRAND I VERT.

On se rappelle peut-être la commune impression d'enthousiasme dont Antoine et Hélène s'étaient sentis pénétrés à la vue de l'Océan. L'arrivée au port vint apporter une distraction à ce charme singulier auquel ils se livraient avec un égal abandon. Peut-être les deux jeunes gens ne suivirent-ils pas sans regret les derniers tours de roue qui amenaient le remorqueur au lieu où ils devaient se quitter, peut-être éprouvèrent-ils et en même temps une sensation pénible lorsque le bruit tumultueux de la cité vint leur annoncer que le moment était arrivé où ils allaient redevenir l'un pour l'autre ce qu'ils étaient la veille, des étrangers. Lorsqu'ils furent descendus sur le quai, Hélène et Antoine se surprirent à regarder presque tristement le bateau sur lequel était née une sympathie dont le premier et unique chaînon devait se rompre à l'instant même où tous deux en constataient l'existence.

Soit par craite de montrer quelque embarras, soit qu'il leur répugnât de se séparer sur quelques paroles froidement polies, ils se tinrent comme tacitement à l'écart du banal adieu qu'échangeaient M. Bridoux et le sculpteur Jacques. Celui-ci, ayant surpris son ami immobile sur le pavé du débarcadère et les yeux fixés sur le bateau qui lâchait sa vapeur, demanda à haute voix s'il oubliait encore quelque chose. Non, répondit Antoine de façon à être entendu d'Hélène, je n'oublie rien.

La jeune fille saisit sans doute l'intention donnée à cette réponse par le geste qui l'avait accompagnée et semblait la mettre à son adresse; elle se retourna du côté d'Antoine, et, par un signe rapide, elle lui exprima qu'elle s'associait à cette pensée, qui semblait renfermer une promesse de souvenir.

Avant de s'éloigner, Jacques et Antoine se montrèrent l'un à l'autre M. Bridoux, qui disputait ses bagages aux commissionnaires et sa personne aux *pisteurs* des hôtels de la ville, pour qui tout voyageur est une proie. Le père d'Hélène se débarrassa des uns et des autres en homme habitué à employer les arguments que l'on possède au bout des bras, quand on ne peut arriver à se faire comprendre par des sourds d'intelligence. La vigueur dont il avait fait preuve lui épargna le concert ironique avec lequel les portefaix reconduisent ordinairement les voyageurs qui transportent eux-mêmes leurs bagages. On laissa tranquillement partir M. Bridoux, portant sa malle sur son dos. Près de lui marchait Hélène, tenant d'une main le chapeau de son père, de l'autre un sac de voyage et le fameux cabas garde-manger. Les pisteurs et les portefaix s'étaient rabattus sur les deux artistes, dont le mince bagage réuni eût à peine fatigué un enfant. Aux uns, Jacques répondit gravement qu'il « était propriétaire dans la ville et n'avait pas besoin d'hôtel. » Aux autres, il demanda avec la même gravité « combien ils lui offriraient pour lui porter sa malle. » Cette plaisanterie lui fit sur-le-champ la place nette.

Comme nous l'avons dit, il avait été convenu qu'Antoine partagerait l'hospitalité offerte à son compagnon à bord du navire anglais, où celui-ci avait des travaux d'art à terminer. Ce fut donc vers le grand bassin du commerce où le yacht *the King Lear* était amarré, que les deux jeunes gens se dirigèrent d'abord. En arrivant sur la place du théâtre, qui fait face à ce bassin, Antoine demeura en admiration devant la forêt de mâts qui s'étendait sous ses yeux. C'était précisément un jour de fête, et tous les navires étaient pavoisés aux couleurs de leur nation.

— Ce soir, au coucher du soleil, tous les pavillons seront amenés en même temps, dit Jacques; on dirait un vaste champ de fleurs aux tiges gigantesques moissonnées subitement par une main invisible; c'est assez curieux, je vous montrerai cela.

En ce moment, le sculpteur aperçut à une trentaine de pas devant lui M. Bridoux, qui venait de s'arrêter. Pendant que sa fille regardait le beau spectacle offert par le grand bassin, il s'était assis sur sa malle déposée à terre, et s'essuyait le front. — Où diable vont-ils parlà? dit Jacques en voyant les passagers de *l'Atlas*, qui s'étaient remis en marche, prendre une direction qui les éloignait du centre de la ville; il n'y a pas d'hôtels dans ce quartier. Après cela, ils savent où descendre, puisqu'ils n'ont pas demandé de renseignements.

Comme on était arrivé à la place où stationnait ordinairement le yacht de lord W..., Jacques fut assez surpris en apprenant que l'Anglais était sorti du port le matin pour aller essayer une voilure nouvelle. Comme on était à la basse mer, il ne pourrait plus rentrer qu'avec la marée du lendemain matin. Puisque notre auberge tire des bordées, il s'agit d'en trouver une autre, dit Jacques. Je suis fâché que le capitaine Thompson soit absent; je suis sûr qu'il aurait fêté mon retour par un certain vin de Porto qui ferait honneur à une cave royale.

— Bah! nous boirons du cidre, répondit Antoine; il doit être bon.

Jacques fit la grimace. Chaque pays a sa plaie, dit-il en riant : la Normandie en a deux : c'est le pavé et le cidre; d'aucuns en ajoutent une troisième : les Normands.

Les deux jeunes gens étaient retournés sur leurs pas pour se mettre en quête d'un gîte provisoire. Antoine rappela à son compagnon quelles raisons il avait pour ménager sa bourse. — Un de mes amis, qui a fait une tournée dans ce pays, m'avait donné une note de renseignements sur les endroits où je pourrais m'arrêter sans être trop écorché; mais je l'ai oubliée à Paris, dit-il, n'osant pas avouer que ces renseignements faisaient partie de l'itinéraire contenu dans l'album que M. Bridoux ou sa fille ne lui avaient pas restitué.

— Soyez tranquille, répondit Jacques; je n'ai pas plus de raisons que vous de me montrer prodigue. Je vais vous mener dans un endroit que je connais. La clientèle ne se compose pas exclusivement de grands seigneurs : ce sont de braves gens plus bruyants de paroles que d'écus, doués d'un large ventre, qui pratiquent, sans connaître Rabelais, la théorie du bien-vivre, et ne se montrent pas difficiles, pourvu que tout soit bon. Quant à l'hôtelier, il fera à notre mince bagage le même accueil que si nous arrivions dans une chaise à quatre chevaux, avec un domestique pour chaque malle et une malle pour chaque chemise. Tout le monde est toujours de bonne humeur dans cette maison-là, même les poules, qui viennent vous dire bonjour un quart d'heure avant qu'on ne les mange.

En devisant ainsi, les deux amis arrivèrent devant une auberge ayant pour enseigne *au Bon Couvert*. Comme Jacques l'avait prévu, on les reçut très-bien. Et voilà le dîner qui nous souhaite sa bienvenue! dit le sculpteur en humant les odeurs qui s'échappaient d'une grande cuisine dont les vastes fourneaux eussent pu servir à préparer un festin homérique. Une quinzaine de rouliers attablés dans cette cuisine y prenaient un repas largement arrosé. En les conduisant à la chambre qu'ils devaient occuper pendant la nuit, la servante leur fit traverser une cour dont la rustique apparence arrêta l'attention d'Antoine. — C'est singulier, dit-il, il me semble reconnaître cet endroit; c'est pourtant la première fois que j'y viens.

Après avoir réfléchi un moment, il se rappela avoir vu un croquis de cette cour dans une série de dessins rapportés de Normandie par son ami Lazare. Je m'y retrouve maintenant, dit-il à son compagnon, et cette auberge doit être la même qui m'avait été indiquée dans les notes que j'ai... oubliées.

— Nous sommes *au Bon Couvert*, répondit Jacques.

— C'est bien ce nom-là, fit Antoine. Il doit y avoir une chambre qui donne sur des briqueteries, et d'où l'on aperçoit la mer!

— C'est dans l'autre corps de bâtiment, dit la servante

qui les accompagnait ; mais cette chambre-là n'est pas libre, elle vient d'être prise par deux voyageurs.

Après qu'ils eurent déposé leurs bagages, Antoine et son compagnon redescendirent dans la cuisine, où ils prirent leurs repas. Que pensez-vous de l'ordinaire? demanda Jacques.

— Que je le trouve extraordinaire, répondit Antoine.

— Et dire, reprit le sculpteur avec un certain accent de gravité, qu'avec la moitié moins que cela tous les jours nous assurerions la liberté de ceci et de ceci! ajouta-t-il en montrant tour à tour sa tête et ses mains.

Ce rappel aux premières et aux plus dures lois de l'existence rendit les deux artistes un moment silencieux. Antoine surtout paraissait péniblement préoccupé ; sa pensée avait repris la route de Paris. Il songeait à sa maison, aux nouvelles privations que devait faire naître son absence coûteuse. Il se reprochait presque de n'avoir point su sacrifier un caprice que la fraternelle camaraderie avait accepté comme un besoin. Cette idée troublera plus d'une fois le plaisir de mon voyage, dit-il à Jacques, qui s'inquiétait de sa préoccupation.

— Vous avez tort, répondit le sculpteur ; vos amis, j'en suis sûr, seraient mécontents que vous troubliez par le regret et l'inquiétude les courtes heures d'indépendance dont ils ont voulu vous faire jouir. C'est ce diable de cidre qui nous pousse dans un courant de mélancolie, ajouta l'artiste, essayant d'amener par des plaisanteries une diversion aux sérieuses pensées qui venaient de jeter un nuage dans leur esprit. Ah! nous sommes durement punis du péché de nos premiers parents. Si Ève n'avait pas découvert la pomme, on ne connaîtrait pas cette fade boisson.

Jacques finit par demander qu'on leur servît une bouteille de vin.

— Et nos projets d'économie? dit Antoine.

— Bah! répondit son compagnon Ce n'est point de la prodigalité, c'est de la sagesse. Le bourgogne est un philosophe optimiste. Quand je regarde la vie au travers de ce vin-là, je la vois tout en rose.

Si modeste que fût cet extra, les deux jeunes gens lui firent fête comme à un ami conteur de bonnes nouvelles dont la visite est trop rare, et qu'on retient le plus longtemps possible à la maison quand sa bonne humeur vient par hasard en chasser l'ennui. La bouteille fut vidée lentement, à petits verres et à petits coups. Les convives burent réciproquement à leur prospérité future. Notre avenir est peut-être encore loin, dit Jacques; mais nous avons de bonnes jambes.

Les absents ne furent pas oubliés. Antoine porta aussi un toast à sa grand'mère, et raconta longuement à son ami le dévouement de cette femme forte et courageuse. Lorsque Antoine entamait le chapitre de sa grand'mère, on ne l'arrêtait pas facilement. Ce n'était point un vulgaire sentiment de reconnaissance qui le faisait parler, mais un besoin de faire partager à ceux qui l'écoutaient l'idolâtrie qu'elle lui inspirait.

— Eh! dit Jacques, vous avez oublié de boire à la dame de vos pensées; vous n'avez pas la mémoire longue.

Antoine parut embarrassé et balbutia quelques mots qui n'étaient pas une réponse. Son compagnon s'amusa un moment de cet embarras. Il désigna clairement Hélène, et fit allusion à l'espèce d'intimité muette qui s'était établie entre Antoine et la jeune fille pendant la dernière heure du voyage. Antoine, voyant qu'il avait été remarqué, se décida à avouer que certains détails de l'existence de mademoiselle Bridoux révélés par son père avaient un moment excité son intérêt pour cette jeune fille. Mais tout finit là, dit-il.

Jacques hocha la tête en souriant. Qui sait? fit-il; tout y commence peut-être.

— Raisonnablement, reprit Antoine, puis-je éprouver plus que je ne vous dis pour une personne que j'ai connue deux jours, avec qui j'ai à peine échangé trente paroles insignifiantes, et que je ne dois plus revoir sans doute?

— Je plaisante, fit Jacques, et vous me répondez sérieusement. Serait-ce donc plus grave que vous ne le pensez?

— Mais vous semblez dire que je songeais à cette jeune personne comme si j'étais amoureux d'elle, répliqua Antoine. Je vous demande si cela est raisonnable!

— Où avez-vous lu que l'amour fût une chose raisonnable? Il n'y a au contraire qu'un cri dans l'humanité pour déclarer que c'est une folie.

— Alors raison de plus, acheva Antoine ; je ne suis pas dans une position à en faire.

Il n'en fut pas dit plus long à l'égard de mademoiselle Bridoux, et les deux amis quittèrent la table du *Bon Couvert* également lestés d'une dose de gaieté saine. On approchait de la soirée, la brise venant de la mer commençait à répandre une fraîcheur qui tempérait la lourde atmosphère de la journée ; Jacques proposa une promenade, et Antoine demanda qu'elle fût dirigée vers les hauteurs de la Hève. Ce lieu lui avait, disait-il, été désigné dans l'itinéraire qu'il avait oublié.

— Je vais vous y conduire, dit Jacques. C'est un des endroits les plus élevés du littoral voisin. Vous pourrez voir la mer bien plus largement que de la jetée du Havre, où le regard est trop promptement limité. Pressons-nous un peu, nous arriverons pour le coucher du soleil, qui promet d'être magnifique. C'est un spectacle merveilleux pour qui ne l'a pas vu et pour qui le revoit.

Comme ils suivaient par la falaise le chemin qui conduit aux phares de la Hève, ils entendirent les sons d'un orchestre qui jetait les quadrilles de Musard à la brise de l'Océan.

— On danse donc par ici? demanda Antoine.

— C'est aujourd'hui fête, répondit Jacques. Il y a bal au *grand 1 vert.* Je vous demanderai la permission d'y entrer un moment. Je ne serais pas fâché de signaler mon retour à une personne que j'ai quelque chance de rencontrer là où il y a des violons, ajouta l'artiste en souriant.

Le *grand I vert* est la plus connue parmi les guinguettes établies sur la partie du coteau de Sainte-Adresse qui regarde la mer. Les habitants du Havre et d'Ingouville s'y réunissent pour manger du poisson les dimanches et les jours de fête. On y danse dans un jardin, sur la porte duquel on lit en grosses lettres : *Bal à l'instar de Paris*, et un peu plus bas : *Entrée de l'instar*. Au moment où les deux jeunes gens arrivaient devant la guinguette et se disposaient à y entrer, ils se rencontrèrent avec M. Bridoux et sa fille, qui venaient d'y prendre leur repas. Le père d'Hélène paraissait être de fort mauvaise humeur. Après avoir salué les passagers de *l'Atlas*, il leur demanda s'ils entraient au *grand I vert*. Sur la réponse affirmative de Jacques, M. Bridoux essaya de l'en dissuader, et se mit à raconter avec sa prolixité habituelle les sujets de plainte qu'il avait contre cet établissement. Antoine et Jacques durent écouter sans pouvoir l'interrompre toute une série de récriminations puériles à propos du retard qu'on avait mis à servir à M. Bridoux la portion qu'il avait demandée. Mais cela n'intéresse pas ces messieurs, hasarda Hélène, qui avait remarqué un peu d'impatience dans la physionomie de Jacques.

— Je fais mon devoir, répondit gravement son père.

Si je ne connaissais pas ces messieurs, je ne me serais pas permis de les arrêter; mais j'ai déjà eu l'honneur de les rencontrer. Je leur fais part de mon mécontentement; c'est tout naturel. Pas d'ordre dans le service, pas de célérité, et des subalternes impertinents, continua M. Bridoux en désignant la guinguette; il n'en faut pas plus pour perdre une bonne maison. Ces messieurs feront ce qu'il leur plaira; mais si j'avais été prévenu comme je les préviens, je serais allé dans un autre établissement... Et sans compter que les prix de consommation sont fort élevés, reprit le père d'Hélène avec une verve de rancune croissante. Vous me direz que le poisson est frais? Sans doute, cela n'est pas surprenant. Ce qui m'étonne, c'est qu'il est plus cher qu'à Paris, et pourtant il y a les frais de transport... et tant d'autres... Vous conviendrez, messieurs, que ce menu-là est un peu salé, fit M. Bridoux en riant. Et il montra à ses auditeurs la carte qu'il venait d'acquitter, et dont il souligna le total avec un coup d'ongle.

Antoine et Jacques étaient fort embarrassés de leur contenance. Hélène, rouge de confusion, faisait des raies dans le sable avec le bout de son ombrelle pour se donner un maintien. Un petit incident vint encore augmenter cet embarras : M. Bridoux, en jetant un coup d'œil sur la carte, y découvrit une erreur à son préjudice, et, si légère qu'elle fût, il voulut aller faire sa réclamation. C'est si peu de chose, balbutia Hélène en voulant le retenir.

— Chacun le sien, répondit son père. Et il ajouta en baissant la voix : Tu sais que tout compte pour nous. Hélène craignit que cet aveu n'eût été entendu par les deux artistes, et sa rougeur devint tellement sensible, que son père s'en aperçut. Il allait peut-être renoncer à son dessein, lorsque le garçon dont il avait à se plaindre passa auprès de lui en faisant son service, et M. Bridoux crut remarquer qu'il le regardait avec un certain air goguenard. Cette fois il n'y tint plus. Il quitta le bras d'Hélène en s'écriant : Ah! c'est trop fort! Ne pas me rendre mon compte, et me rire au nez par-dessus le marché! Attends un peu, je vais remuer ce monde-là et leur montrer à qui *ils* ont affaire.

Avant que sa fille eût pu le retenir, il lui avait échappé, il était rentré dans le jardin et prenait au collet le garçon dont il croyait avoir à se plaindre. Une explication assez animée parut avoir lieu entre les deux hommes. Hélène donnait des signes d'inquiétude. Mon père est si vif, dit-elle en regardant les deux jeunes gens, qui étaient restés auprès d'elle. Jacques fit un signe à Antoine et rejoignit M. Bridoux dont l'explication avec le garçon du *grand I vert* paraissait tourner en querelle. Ah mon Dieu! disait Hélène en frappant du pied avec impatience, pour si peu de chose fallait-il courir les chances d'une dispute?

— Ce n'est point à cause de l'erreur de chiffre que monsieur votre père est retourné, fit Antoine ; mais il a raison de ne pas supporter une impertinence de la part d'un inférieur.

Hélène sut gré au jeune homme d'avoir ainsi interprété le motif qui amenait la réclamation paternelle; elle éprouva une sorte d'allégement en voyant cette démarche jugée autrement que comme une puérile petitesse. M. Bridoux, qui s'était fort animé pendant la discussion, avait appelé le chef de l'établissement, qui réprimanda le garçon et restitua au père d'Hélène ce qui lui revenait. Vous entendez bien, disait celui-ci à Jacques, vous entendez bien que ce n'est pas pour les dix sous; il y en a de plus riches qui se baissent pour les ramasser, mais je ne veux pas qu'on se moque de moi.

Voyant qu'il était observé par cinq ou six personnes témoins de la contestation, il ajouta en élevant la voix : La preuve que ce n'est pas pour les dix sous, c'est que je ne veux pas les garder. Et avisant un joueur d'orgue ambulant que se disposait à entrer dans la guinguette, il déposa sa petite pièce de monnaïe sur son instrument, ce qui lui valut une sérénade improvisée. Antoine et Jacques levèrent la tête et échangèrent un regard également étonné. L'air joué par l'organiste était le même que celui sur lequel ils avaient tous deux pendant la traversée fredonné sur le remorqueur, en cherchant à se rappeler la chanson d'Olivier. Comme ces couplets avaient été édités et mis en musique, il n'y avait rien d'extraordinaire dans ce fait; mais la coïcidence leur semblait bizarre. Helène, qui n'avait pas reconnu aux premières mesures cet air qu'elle avait seulement et très-vaguement entendu une fois, finit par se le rappeler et en même temps la chanson pour laquelle il avait été fait. Elle parut frappée comme les deux jeunes gens par cette singularité du hasard, et sans qu'elle s'en doutât, elle laissa pénétrer l'impression qu'elle lui causait. Cette petite scène muette, qui s'était à peine prolongée une minute, avait complétement échappé à M. Bridoux.

— Je suis d'autant plus contrarié de ce retard, dit-il, qu'il va nous faire manquer le coucher du soleil que ma fille désirait aller voir là-haut. Et il montra les phares qu'on apercevait au sommet de la falaise.

Jacques lança un coup d'œil à son compagnon. C'est vous qui avez inspiré à mademoiselle Bridoux la pensée de venir à la Hève ! lui dit-il très-bas et très-vite. Antoine protesta avec l'accent de franchise qui indique la vérité.

— Si cette rencontre est l'effet du hasard, ajouta le sculpteur, avouez du moins que vous trouvez le hasard intelligent.

Il fut interrompu par M. Bridoux, qui s'excusait de les avoir retardés. C'est singulier comme on se retrouve! dit-il.

— C'est tout simple, au contraire, répondit Jacques; nous sommes sur le chemin d'un endroit curieux qui attire tous les voyageurs ; nous devions naturellement nous rencontrer, fit le sculpteur en observant Hélène. Mon ami et moi, nous avions l'intention de monter aux phares.

— C'est bien imprudent, et ces gros cailloux qu'on trouve sur le bord de la mer sont mortels à la chaussure; mais ma fille ayant insisté...

Hélène, devinant qu'il allait être question d'elle, prit les devants de quelques pas, moins pour ne pas gêner son père que pour n'être point gênée elle-même. Ah ! vous montez à la Hève, reprit M. Bridoux ; enchanté de vous avoir rencontrés, d'autant plus que nous ne connaissons pas bien le chemin : nous irons de compagnie. Ma fille nous expliquera le système de l'appareil des phares.

Comme Jacques s'étonnait que mademoiselle Bridoux eût des connaissances en mécanique, son père lui apprit qu'elle avait suivi un cours spécial de cette science. Cela n'est pas indispensable pour les femmes, dit-il ; mais comme le cours était gratuit, elle en a profité, et bien profité. Figurez-vous, messieurs, que pour ne pas manquer une leçon, elle est sortie un soir d'émeute au milieu des coups de fusil et des barricades ; c'est le professeur qui me l'a ramenée. Il était dans l'admiration, car vous entendez bien que ma fille était la seule élève qui se fût présentée au cours. Je l'ai entendue parler des nouvelles découvertes en mécanique avec des personnes de l'art ; elle en raisonne parfaitement. Tenez, pas plus tard que la semaine passée, notre coucou s'était dérangé : eh bien! ma fille l'a démonté et remonté ; il marche, positivement ; il marche. Ah ! si sa pauvre mère vivait encore, elle serait bien fière d'avoir une fille pareille. Après cela, la pauvre femme, il vaut mieux qu'elle n'y soit plus peut-être, car depuis quatre ans nous avons marché sur des pavés bien durs. Certainement la pauvre défunte n'aurait pas permis que sa fille passât toutes les nuits, comme elle a fait pendant tout ce temps-là, tellement *actionnée* à son travail, qu'elle oubliait de faire du feu; mais on ne m'ôtera pas de l'idée que c'était une malice pour moins user de bois. Grâce au ciel, voilà que nous approchons de la fin; *nous* avons passé notre dernier examen, nous aurons des élèves, et tout ira bien, si le bon Dieu nous conserve la santé. J'espère que cette petite tournée lui profitera : on dit que l'air de la mer est fortifiant. Je ne vous cacherai pas que j'étais inquiet. On me disait : Monsieur Bridoux, votre demoiselle travaille trop; il faut qu'elle se promène, qu'elle prenne des distractions; elle se tuera, vous verrez. Ah ! Dieu me préserve de le voir; ce serait à se jeter là dedans, dit-il en montrant la mer. Heureusement que ses couleurs commencent à reparaître. Depuis quelque temps, je lui fais boire du vin. Ah ! il faudrait qu'elle pût rester un mois à la campagne; mais le bon air est comme tout ce qui est bon, ça coûte cher. Enfin !...

Dans ce dernier mot et par l'accent que lui donnaient sa voix, son geste et son regard, M. Bridoux révélait toute la résignation active des jours passés unie aux premières espérances d'un avenir meilleur et laborieusement conquis.

V

LES AVEUX.

Cependant on commençait à approcher de l'endroit qui était le but de la promenade. Les phares de la Hève, allumés depuis quelques instants, confondaient les rayonnements de leurs foyers lumineux avec les derniers embrasements du couchant, qui reflétaient un splendide incendie dans les flots agités. Cette magnificence nouvelle, ajoutée à l'aspect de l'Océan, dont l'immensité se révèle bien plus étendue des hauteurs de la Hève que de la jetée du Havre, attirait l'attention des promeneurs. Familiarisé depuis longtemps avec les spectacles variés de la mer, Jacques était le seul qui parût inattentif. M. Bridoux lui-même resta un moment silencieux; il se sentait pénétré à son insu par les influences de l'heure et du lieu. — Il me semble que je reçois un coup de poing là, dit-il à Jacques en montrant sa poitrine. Cette figure, quoique vulgaire, exprimait assez justement l'effet moral produit par une forte commotion, surtout quand elle est le résultat d'un premier contact avec les grands phénomènes de la création. Comme le caillou qui contient une étincelle, les organisations les moins sensibles, les esprits pétrifiés, renferment également, sons leur triple couche d'une matière épaisse, une parcelle d'enthousiasme, qui pour se dégager n'a besoin que d'un choc violent et inattendu. Pendant cette minute, unique dans sa vie, le rustre qui marche tous les jours sans pitié sur la fleur dont le parfum l'enivre se mettra peut-être à genoux pour la cueillir, car pendant cette minute son âme aura tressailli en lui comme un oiseau qui sent ses ailes et tend à s'élever ; la brute sera devenue homme, l'homme aura été presque poëte.

M. Bridoux, à qui la parole était aussi nécessaire pour vivre que la respiration, rompit brusquement le silence pour renouer un de ces récits sans suite qui lui étaient familiers, et dont nous ne voulons pas fatiguer le lecteur. A la vivacité de ses paroles, on eût dit qu'il avait hâte de sortir d'un état qui l'inquiétait, parce qu'il ne lui semblait pas naturel. Ces réactions sont communes. L'enthousiasme, comme tout autre sentiment qui élève l'homme au-dessus du niveau ordinaire de ses idées, équivaut à un déplacement d'atmosphère. Ainsi le voyageur parvenu sur la haute montagne qui baigne son sommet dans l'éther pur éprouve d'abord une ivresse qui se termine par une suffocation ; de même pour certains êtres dont l'intelligence est peu habituée aux ascensions, il existe dans le monde des impressions morales, des cimes trop élevées, où leur esprit éprouve un malaise qu'on pourrait appeler la nostalgie du terre-à-terre.

Après avoir flâné un moment, M. Bridoux redescendait lourdement dans ces détails d'intimité domestiques qui faisaient le fond de son discours. Antoine marchait auprès de lui de ce pas lent qui est l'allure de la rêverie. Jacques jetait méthodiquement des bouffées de tabac à la brise marine et répondait par de rares monosyllabes aux prolixes improvisations de son compagnon, qui se contentait de cette apparence d'attention. Hélène, qui allait toujours en avant, était souvent troublée dans sa contemplation par la voix criarde de son père, à laquelle le murmure des flots qui battaient le pied de la falaise servait comme de basse continue. La jeune fille ajouta encore quelques pas à la distance qui la séparait déjà des trois hommes : elle voulait se mettre entièrement hors de portée du bavardage paternel, qui l'irritait plus que de coutume. En faisant cette réflexion, la jeune fille ne put s'empêcher d'y joindre cette remarque, que depuis sa rencontre avec les deux jeunes gens que le hasard du voyage s'obstinait à lui donner pour compagnons, elle était beaucoup moins indulgente pour les défauts paternels. Elle se demandait si ces dispositions hostiles n'étaient point de l'ingratitude, surtout dans un temps employé par son père à lui procurer un plaisir acheté au prix de sacrifices auxquels il aurait à prendre une grande part. Ce plaisir si longtemps souhaité, si souvent atermoyé, maintenant qu'elle en avait la jouissance, elle en comparait les effets aux promesses que lui avait faites son imagination, et elle trouvait à la fois dans la réalité quelque chose de plus et quelque chose de moins que dans le rêve.

En partant pour ce voyage, Hélène avait espéré renouveler en grand une de ces promenades du jeudi comme elle en faisait étant pensionnaire, trêve d'insouciance que l'étude accorde comme une récompense innocente et salutaire aux travaux accomplis, encouragement donné au travail prochain. Dégagée de toute préoccupation qui eût pu jeter de l'ombre sur son plaisir, chaussant pour la première fois le soulier des promenades buissonnières, elle comptait courir d'un pied libre et léger à ce dernier rendez-vous donné par elle-même à son insouciance enfantine, qui avait si peu duré, que son dernier jouet avait été brisé tout neuf sous le pied du malheur, quand il avait renversé la fortune paternelle. Jetant aux buissons de la route les façons d'être un peu sérieuses, qui roidissent les attitudes, immobilisent le visage, règlent la voix dans le registre d'une gamme monotone, et sont pour ainsi dire le costume moral de sa profession, elle espérait retrouver, débarrassée de cette défroque du pédantisme scolaire, cette pétulance, cette vivacité qui faisaient d'elle, au temps de son enfance si vite abrégée, le malicieux démon de la classe aux heures de l'étude, le démon ingénieux de l'amusement aux heures de la récréation.

Avec quelle joie elle avait fermé tous ses livres, tous ses cahiers! Quel adieu ironique elle avait lancé à tout cet attirail de science! Ainsi, la veille d'un chômage, l'ouvrier laborieux range ses outils et se murmure à lui-même et à voix basse le refrain de la chanson qu'il doit le lendemain répéter à franc gosier. Elle aussi, en serrant soigneusement ses collections d'atlas et de sphères, où le soleil et les astres étaient représentés en carton peint, elle songeait qu'elle allait voir le vrai soleil et de véritables étoiles, et si elle l'avait connue, elle aurait chanté, tant bien que mal, plutôt mal que bien, la chanson populaire : *Au diable les leçons!* Cette robe à ramages ridicules, comme elle lui avait paru belle en pensant qu'elle allait la mettre en lambeaux dans ses courses folles! Avec quel empressement elle l'avait taillée sur le premier patron trouvé, avec la première aiguille venue, se piquant gaiement les doigts à chaque point! Comme elle lui avait semblé courte, cette nuit donnée à un travail qui était déjà un plaisir! Son œuvre achevée, comme elle en était fière, et de quel éclat de rire elle salua sa maladresse, lorsque en essayant cette robe devant un miroir auquel la poussière avait fait un voile, elle s'aperçut qu'elle avait l'air d'une mascarade ! Mais à qui avait-elle à plaire? qui aurait à prendre garde qu'elle fût bien ou mal équipée? Et si un malin sourire de quelque oisif s'arrêtait sur elle, pourrait-elle s'en sentir blessée, elle si indifférente à tout ce qui touchait la coquetterie, que son miroir lui servait à peine, et qu'il était accroché dans un coin où le jour était le moins favorable?

Enfin ce coucou qu'elle avait raccommodé de ses mains industrieuses avait sonné le moment du départ. Pars et sois libre! lui avait dit l'aiguille, qui ordinairement, en s'arrêtant sur les heures, symbolisait le temps et semblait le doigt du maître indiquant le travail à son esclave. Et elle était partie, fermant la porte de cette chambre à peine éclairée d'un jour avare, y laissant sous clef tous les soucis, toutes les inquiétudes de la vie ordinaire, et depuis qu'elle était en route, aucune préoccupation de ce genre ne l'avait poursuivie. Pourtant cette trêve d'insouciance qu'elle s'était accordée, elle était violée, et par elle-même. Elle n'avait pas le libre arbitre de sa pensée; elle se sentait distraite des distractions dont ce voyage était le but. Sans pouvoir définir son trouble, elle éprouvait un malaise d'autant plus singulier, qu'il avait des intermittences de charme, et ces sensations nouvelles n'avaient pas seulement pour origine la nouveauté des lieux qu'elle traversait, la diversité et la grandeur des spectacles qu'ils offraient à ses yeux! Ainsi, dans ce moment même, cette mer, vaste et visible image de l'immensité, n'était pas la cause unique de l'émotion dont elle était agitée, et quelque effort qu'elle fît pour se maintenir dans un courant d'impressions plus calmes, elle se sentait attirée ailleurs. Comme ce vaisseau errant d'une légende dont toutes les ferrures se détachaient, attirées par une montagne d'aimant, toutes les pensées de son esprit retournaient vers des souvenirs dont l'attraction était d'autant plus puissante qu'ils étaient plus rapprochés, qu'elle en était à peine éloignée de quelques heures, que quelques pas seulement la séparaient de celui dont l'image se mêlait à ces souvenirs. Un à un et lentement elle repassait les épisodes de ce voyage, pendant lequel ils avaient eu occasion de se trouver réunis dans une apparence d'intimité; elle répétait intérieurement toutes les paroles dont ils avaient été le prétexte, et qu'elle avait échangées avec le voyageur de l'album. Dans ces propos, rien de leur bouche n'était sorti qui dépassât les limites de la conversation qu'on peut avoir avec un étranger; et cependant elle avait encore présent à la mémoire tout ce qu'il lui avait dit. Pourquoi cette fidélité de souvenir accordée à des paroles insignifiantes? Et c'était moins la conversation parlée qui l'inquiétait que la causerie muette, car il lui semblait que c'était particulièrement dans les moments où ils s'étaient tus que l'échange de leurs pensées avait été plus intime. Après leur séparation sur le quai du Havre, Hélène avait bien cru voir comme une expression de regret dans la physionomie d'Antoine. C'était un adieu que lui adressait son regard. Elle-même s'était sentie si troublée à ce moment, qu'elle ne pouvait pas savoir précisément quelle avait été son attitude. N'avait-elle point trop laissé voir son trouble? Si ce jeune homme s'en était aperçu, qu'elle étrange interprétation aurait-il pu lui donner? Elle regrettait de n'avoir pas su prendre des façons plus dégagées qui eussent pu servir de masque à son agitation, qui ne lui était point familière, dont elle s'était étonnée, dont elle s'étonnait encore, dont elle voulait à la fois fuir et rechercher la cause.

Mais pourquoi cette dissimulation? Le mensonge du visage n'était pas plus dans ses habitudes que celui du langage. Et quelle nécessité de mentir? qu'avait-elle à cacher? Lentement, peu à peu, avec les hésitations, les restrictions, les craintes d'un esprit qui s'aventure pour la première fois à des découvertes qui l'attirent en l'alarmant, Hélène abordait, non pas sans surprendre sa réserve ordinaire, des idées qui étaient pays nouveau pour elle, et ce voyage en elle-même était bien autrement intéressant que celui que lui faisait faire son père. Elle ne pouvait rien préciser cependant, mais elle se sentait guidée par de vagues instincts qui de moments en moments faisaient la voie plus libre et moins obscure à sa pensée, en quête d'éclaircissements. Des subtilités, qui, avant ce jour, n'auraient pu s'arranger avec la franchise de son jugement, lui venaient en aide pour la tromper, quand elle croyait avoir besoin d'illusion. Tout à coup elle sentit son cœur battre avec une violence soudaine en se sentant occupée à ce singulier travail. Quel en était le but? A quel propos toutes ces interrogations adressées à elle-même, et qui restaient sans réponse? Non pas que la réponse lui manquât, mais parce qu'il n'y en avait qu'une à faire, et que, si bas qu'elle l'eût faite, à ce seul mot, même avoué à pensée basse, tous les échos de son être l'auraint répété cent fois, mille fois.

Hélène avait vingt ans. Sa vie s'était écoulée dans un intérieur où le devoir était le dieu domestique, dont les servants étaient la patience, le courage, la robuste volonté, qui est la force matérielle de l'intelligence, quelle que soit l'œuvre humaine où elle s'applique. Nés dans une condition modeste, ses parents lui avaient en tout temps donné le spectacle de ces laborieuses vertus, seule dot qu'ils se fussent apportée l'un à l'autre en unissant leurs destinées, unique et première mise de fonds qu'ils priaient Dieu de faire fructifier, et avec laquelle ils avaient failli pendant un moment acquérir mieux que l'aisance, une fortune véritable. Sa mère était très-pieuse et réalisait le type de l'épouse chrétienne. A l'incessante activité de son mari, à ces efforts qui font de l'existence de l'industriel une bataille quotidienne, son intelligence, plus passionnée qu'étendue, s'associait par une ferveur enthousiaste dans la protection de la

Providence. Que de fois Hélène avait vu sa mère pâle d'angoisse dans ces moments de crise où le mot *protêt* fait flamboyer sa menace sur le carnet des échéances, ce registre de l'honneur commercial! Tout enfant, elle s'unissait à la pieuse exaltation maternelle, lorsque M. Bridoux était parvenu à sauver son crédit intact. Même à l'époque où il avait pu se croire maître de sa destinée, celle-ci n'avait apporté aucun changement dans ses habitudes. Son seul luxe était de temps en temps un de ces repas auxquels venaient s'asseoir quelques amis qui entretenaient avec lui des relations d'affaires, et dont les mœurs modestes s'appareillaient avec les siennes : humbles esprits pour la plupart, ne parlant guère que de ce qu'ils savaient, et ne sachant rien au delà du cercle des connaissances utiles à leur profession. Ces conversations n'apportaient jamais à l'oreille d'Hélène aucun écho de la vie extérieure. Le mot plaisir était inconnu dans cette maison, où les murs étaient tapissés de préjugés dont on peut médire, mais qui ont cependant des qualités préservatrices. Jamais M. Bridoux ni sa femme n'étaient entrés dans un théâtre ni dans un autre lieu de divertissement public : d'austères traditions, transmises à leur fille, en faisaient le pavé de l'enfer. La première fois qu'ils avaient appris que leur neveu allait au spectacle, cette découverte avait été l'objet d'une affliction voisine de l'épouvante et de remontrances fort vives adressées aux parents de celui-ci. Jamais d'autres livres que ceux nécessaires à l'instruction d'Hélène n'étaient entrés chez eux.

Un jour de l'an, son cousin lui avait apporté en cadeau un volume des poésies de Lamartine; M. Bridoux le mit à l'index : c'étaient des vers! cela était au moins inutile, sinon dangereux. Telle était son opinion laconique à propos de la poésie. L'art n'avait entrée chez lui que sous la forme de gravures représentant des sujets de religion. Il possédait un fort beau christ en bois sculpté qui avait une véritable valeur artistique; mais cette œuvre, convulsionnée avec toute l'horreur réaliste familière à quelques maîtres espagnols, effrayait madame Bridoux. Ce n'était point le Dieu patient de la croyance chrétienne que lui représentait ce crucifié révolté contre la douleur. Jésus est mort en pardonnant, disait-elle, ce bon Dieu-là a l'air de maudire, ce ne peut pas être le Christ; ce doit être le mauvais larron. Pour lui être agréable, son mari avait échangé le chef-d'œuvre de la renaissance contre une vulgaire production de la fabrique nouvelle. Combien vous a-t-on donné de retour? lui demanda son neveu. Plaisantes-tu ? avait répondu M. Bridoux; l'autre était en bois, celui-ci est en ivoire. J'ai donné vingt francs, et j'ai fait un bon marché, tout le monde le dit. Le monde dont il parlait était de sa force en matière d'art.

Pendant l'époque de sa prospérité, M. Bridoux avait mis sa fille en pension. Ses relations avec des compagnes qui apportaient dans leur caractère et dans leur langage le reflet de l'existence mondaine de leurs parents enlevèrent à Hélène quelques ignorances. Le récit des plaisirs que prenaient ses camarades pendant leur séjour dans leurs familles ne la trouvait pas indifférente, et lui inspira peut-être le vague désir de les connaître aussi. Elle pouvait d'ailleurs espérer dans l'avenir la possibilité de donner une satisfaction à des penchants qui sont compatibles avec l'état d'indépendance que la fortune assure. Son père ne lui disait-il pas souvent : Je suis en train de te pétrir un million? Mais le désastre qui mit ce beau rêve à néant, et qui fut peu de temps après suivi de la mort de sa mère, ramena la jeune fille vers les sérieuses idées dont la tradition n'avait pas eu le temps de s'altérer. Au lit de mort de sa mère, elle recueillit d'elle cet héritage de résignation qui est l'arme des martyrs. Cette robe de deuil, jetée à quinze ans sur sa jeunesse, fut un vêtement de virilité. Ce fut alors qu'elle se mit à l'œuvre pour acquérir une science qui l'aidât un jour à mettre à la place du million échappé à son père ce pain quotidien qui fait la sûreté de la vie, ce tranquille repos des derniers jours qui fait le calme de la mort. Pendant plusieurs années et sans relâche, sinon sans fatigue, elle avait fait chaque jour un pas de plus vers son but, restreignant sa vie dans un cercle étroit d'habitudes et d'idées uniformes, faisant le jour ce qu'elle avait fait la veille, ce qu'elle savait devoir faire le lendemain, modifiant la vivacité de sa nature pour la soumettre aux exigences de l'étude, qui veut l'attention, supprimant de sa vie tout ce qui n'était pas une nécessité, non pas seulement nécessité d'usage, mais loi impérieuse, se refusant toute distraction, même celle de la pensée, quand les pensées ne se présentaient point à son esprit frappées à l'effigie de l'ambition qui lui servait de mobile dans un travail au-dessus de son âge, au-dessus de ses forces quelquefois.

Telle avait été Hélène, telle elle était encore au moment où pour la première fois elle avait rencontré Antoine. Ces détails étaient nécessaires pour faire comprendre la nature de son trouble. Après l'avoir constaté, elle en recherchait les causes, et quelles que fussent ses hésitations, quelle que fût même son ignorance, elle n'était point telle que ses recherches fussent vaines. Elle finit par se l'avouer, cette sympathie encore anonyme, à laquelle elle cherchait un nom qui ne fût pas le seul véritable, tant elle avait peur que ce nom l'effrayât, tant elle craignait que ce nom, prononcé seulement par elle-même à elle-même, fût une sommation de renoncer au sentiment qu'il viendrait baptiser ! Ah ! pourquoi avait-elle rencontré Antoine encore une fois ? Que venait-il faire là où elle était ? Était-ce prémédité ? Dans la réserve de ses relations avec lui, lui était-il donc échappé quelque propos de nature à lui faire supposer qu'elle viendrait aux phares ce soir-là ? Elle fouillait ses souvenirs, et ne trouvait rien qui pût justifier ce soupçon. C'était donc le hasard, le hasard, mot des athées ; elle disait Providence ordinairement. Cependant la suite des réflexions qu'elle faisait à propos de cette rencontre lui remit en mémoire cet album qu'elle n'avait pas voulu rendre à Antoine en le retrouvant sur le pont de *l'Atlas*. Elle se rappela aussi les motifs qui l'avaient arrêtée dans la restitution de cet objet. Elle eut un moment l'idée de le lui remettre, mais que penserait-il de cette restitution tardive ? Un autre motif lui faisait maintenant désirer de conserver l'album. Elle y avait découvert cette chanson à laquelle le nom qui la signait donnait un certain intérêt de curiosité. Quelle est en effet la femme ou la fille qui, rencontrant par hasard des vers où son nom se trouve mêlé, ne voudra pas les posséder, si elle a quelque raison de croire qu'ils lui sont dédiés par la pensée de l'auteur ? Et puis, elle n'était point fâchée d'avoir un échantillon du talent de son cousin. Malgré le vague de cette poésie, son instinct féminin n'avait pu s'empêcher de reconnaître que son nom ne se trouvait pas dans ces couplets seulement pour la rime ; mais elle n'en avait été ni émue ni flattée. Elle avait si souvent entendu présenter sous les aspects d'une dissipation scandaleuse la libre existence de son parent, qu'elle avait elle-même fini par effacer, et sans effort douloureux, tous les souvenirs qui pouvaient lui parler de son ancien ami d'enfance. Quand il venait voir son père, l'accueil qu'elle lui faisait ne dépassait point les limites d'une indifférence presque voisine de la répugnance. Hélène n'en fut pas moins surprise en retrouvant la chanson d'Olivier sur les lèvres du compagnon d'Antoine, bien plus surprise encore de l'émotion qu'elle lui avait causée au moment de son entrée en mer, pendant cette minute de court enthousiasme où elle s'était sentie pour la première fois en état de communion sympathique avec Antoine. Par un phénomène d'imagination qu'elle ne s'expliquait pas, il lui semblait que c'était Antoine lui-même qui avait chanté ce couplet, dont le sens était une sommation d'aimer.

Cœur fixe et esprit irrésolu, Hélène s'était arrêtée sur le bord de la falaise, et, sans s'apercevoir de son immobilité, laissait errer son regard dans les profondeurs de l'horizon. Tout à coup elle tressaillit ; derrière elle, elle entendit le bruit d'un pas sourd ; elle tourna la tête : une ombre s'avançait, lente et solitaire ; c'était lui : il n'était plus qu'à dix pas. L'avait-il vue ? La couleur de ses vêtements ne la dénonçant pas dans l'obscurité, elle pensa qu'elle pourrait reprendre sa promenade sans que celui qui s'approchait eût pu remarquer qu'elle l'avait interrompue. Elle fit un pas, et derrière elle, elle entendit marcher plus vite. On se pressait : se presser elle-même, c'était révéler une préoccupation qui était déjà une confidence. Elle attendit. Antoine parut auprès d'elle.

— Vous m'avez fait peur, dit-elle. Par toute sorte de manœuvres rusées, celui-ci, obéissant à l'attraction, s'était décidé à se détacher de M. Bridoux et de Jacques.

Pour ne pas faire suspecter son intention et donner à son éloignement une apparence de naturel, cinq ou six fois déjà il avait marché à l'écart de ses compagnons. Tantôt allant en avant et revenant sur ses pas jeter un mot dans leur conversation, comme pour témoigner qu'il était bien toujours avec eux, et seulement avec eux, d'autres fois il restait en arrière, mettant sa main sur ses yeux, en abat-jour, bien que la nuit fût déjà venue, et dans l'attitude d'un homme qui regarde un objet lointain dont il cherche à préciser la forme, se faisant surprendre dans cette position, qui pouvait faire croire que le spectacle de la mer occupait seul sa pensée, émue comme les flots mêmes de cette mer sombre et sonore. Lorsque ces allées et venues se furent renouvelées plusieurs fois, et qu'il se fut persuadé que son absence n'amènerait aucun commentaire, il prit l'avance de quelques pas, s'arrêta un instant, feignant de rattacher sa guêtre, et reprit sa marche en avant.

— Allons! dit Jacques, qui avait le mot de toutes ces manœuvres, il a levé l'ancre.

— Qui ça? interrompit M. Bridoux.

— Je dis, reprit Jacques en montrant un vaisseau profilant ses hauts mâts dans la dernière lueur du jour, je dis que voilà un navire qui lève l'ancre.

A la première parole qu'ils échangèrent quand ils se trouvèrent réunis, Antoine et Hélène, au son de leur voix, soupçonnèrent l'un et l'autre quel long dialogue ils venaient d'avoir chacun de leur côté avec eux-mêmes, et quelle en était la nature. Leur conversation fut d'abord un duo d'insignifiances qu'ils ne prenaient point même la peine de déguiser; ils parlaient précisément pour n'avoir rien à dire, et les mots leur venaient aux lèvres avec d'autant plus de facilité, que l'idée en était absente. Ils faisaient du bruit autour de leur pensée, comme s'ils avaient craint de l'entendre; par un accord tacite, ils évitaient les temps de silence, comprenant réciproquement que ce silence pourrait être attribué à l'embarras, et fournir une occasion de rechercher les causes d'une gêne qui ne devait pas exister entre eux, puisqu'ils se connaissaient déjà assez pour paraître à leur aise en face l'un de l'autre. Ils marchèrent ainsi pendant quelque temps côte à côte, ralentissant les pas de façon à maintenir entre eux et leurs compagnons une distance qui, malgré l'obscurité naissante, ne pût pas les mettre hors de vue, se maintenant à portée de la voix, et maintenant la leur à un diapason élevé, pour montrer à ceux qui les suivaient qu'ils n'avaient pas de motifs pour n'être point entendus. Aussi bien pour les autres que pour eux-mêmes, ils semblaient vouloir exclure toute idée d'un tête-à-tête, et pourtant Hélène se disait: Il est venu me trouver! Et Antoine pensait: Elle m'a attendu!

Malgré leur mutuelle retenue, il devait arriver un moment où ils se trouveraient attirés par l'irrésistible courant hors de ces termes vages, et où un écart de conversation, volontaire ou non, ferait naître quelque propos ouvrant une issue qui révélerait leur commune préoccupation. L'incident se produisit. En parlant de quelques usages et traditions populaires de la contrée, Antoine rappela cette superstition recueillie le matin même sur la tombe de Rose Lacroix, et qui attribuait à l'héroïne de la Meilleraye la puissance d'intercéder dans ses prières pour ceux qui s'étaient intéressés au récit de son histoire et avaient témoigné leur intérêt en inscrivant leur nom sur sa pierre. Hélène avait tressailli en voyant son compagnon ramener le souvenir d'un épisode de leur voyage qui avait eu pour résultat de faire naître entre elle et lui un rapprochement sympathique que le rapprochement de leurs deux noms sur cette tombe avait comme consacré. Sa prudence lui cria le qui-vive semeur d'alarmes. Elle pressentit l'embarras d'un entretien qui faisait un appel à des impressions qu'elle avait déjà eu bien assez de peine à s'avouer à elle même : allait-elle courir le risque de renouveler cet aveu précisément à celui qui devait les ignorer, en acceptant une conversation qui deviendrait pour sa parole ce que sont pour les pieds ces pentes glissantes qui entraînent malgré soi où l'on ne veut point aller? Cependant cet embarras, qui existait déjà, il ne fallait pas le laisser paraître. Ne pouvant point changer le sujet de leur conversation, elle tenta de la restreindre dans des limites où elle se sentirait maîtresse de sa pensée et du langage qui l'exprimait. A son grand étonnement, Antoine entendit Hélène démentir l'émotion qu'il avait remarquée en elle pendant le récit de la sœur de Rose; elle réduisait tous les événements à des proportions vulgaires d'incidents groupés en roman par la spéculation pour exciter l'intérêt productif des passants. Avec une certaine apparence d'ironie, elle déclarait n'avoir vu dans ces deux morts que deux accidents, comme en rapportent les faits divers dans les journaux : une fille noyée et un homme qui s'était tué, c'est-à-dire un malheur et un crime. Revenant ensuite à cette curiosité et à cette reconnaissance d'outre-tombe qu'on attribuait à Rose Lacroix, Hélène protestait contre cette superstition qui accouplait des sentiments profanes à l'idée religieuse, et demanda à Antoine, avec un léger accent de raillerie, s'il croyait aux revenants. Puis elle s'arrêta, très-fière de cette improvisation qui modifiait la nature de l'entretien en le transportant sur une question d'orthodoxie.

Antoine avait paru surpris du ton quasi dogmatique avec lequel la jeune fille avait parlé. Je ne crois pas aux revenants, mademoiselle, dit-il à Hélène. Ceux qui sont partis de ce monde n'y reviennent plus, et il y en a beaucoup qui font de cette certitude la sécurité de leurs derniers moments; car s'ils ne savent pas où ils vont, ils savent où ils reviendraient. Ma raison comme la vôtre repousse des chimères que des esprits plus humbles que les nôtres trouvent du charme à se créer et leur ignorance leur donne sur nous cette supériorité, qu'ils retirent quelquefois des adoucissements et des consolations très-réels de ces mensonges ingénieux. La raison, qui est l'œuvre de la science, appauvrit l'imagination, qui est un don de Dieu. Dans sa justice et dans sa bonté, il ne s'offense pas sans doute d'une superstition qui met les clefs de son paradis entre les mains d'une morte ensevelie dans un serment de fidélité. Cette superstition est le naïf écho d'un siècle pieux et fécond en symboles, qui, en mêlant Dieu aux choses terrestres, semblait avoir pour but de le rapprocher plus directement de sa créature. L'Église elle-même encourageait ces traditions. Quand un endroit était réputé dangereux pour le passage des voyageurs, on y plantait une croix, qui effrayait le malfaiteur et rassurait le piéton. Aujourd'hui on dresse un réverbère qui éclaire le meurtrier.

Hélène sourit à ce rapprochement. Vous riez, mademoiselle, dit Antoine, c'est pourtant un exemple pris dans la vérité. Cette croix protectrice du chemin était une superstition cependant, et on ne peut nier qu'elle exerçât une influence salutaire. Tel récit où un esprit fort ne verra qu'une aventure apocryphe est pour les âmes simples une consolation précieuse, et mérite à ce titre notre respect. Ma grand'mère, qui est une chrétienne du moyen âge, croit à certaines légendes de son pays comme à l'Évangile. De même les gens de la Meilleraye continueront à s'inscrire sur la tombe de Rose Lacroix, et dans leur naïveté trouveront vraisemblable qu'une fille qui a souffert ici-bas pour avoir aimé ait quelque crédit auprès de celui qui, en permettant les maux humains comme autant d'épreuves, a créé l'amour, qui amène l'oubli de ces maux, et a permis la mort, même volontaire, comme un refuge contre eux, quand le poids en était trop lourd.

Antoine avait parlé avec une certaine animation à laquelle s'ajoutait une éloquence d'accent dont Hélène avait été frappée. Ce qu'il disait heurtait sans doute des idées dont les racines étaient profondes dans son esprit. Cette absolution du suicide l'avait choquée, elle catholique fervente, à genoux devant le dogme, et cependant elle avait éprouvé quelque plaisir à être contredite avec cette apparence de passion. Depuis qu'il avait pris la tournure d'une discussion, cet entretien l'effrayait moins. Elle se sentait même disposée à le prolonger. La familiarité de langage et la franchise de pensées dont son compagnon faisait preuve lui permettaient d'ailleurs de l'observer sous des aspects nouveaux pour elle. Vous êtes superstitieux, lui dit-elle.

— Sans la partager, répondit Antoine, j'ai le respect de toute croyance qui a une source sincère, qui séduit mon esprit par l'invention ou charme mon imagination par la poésie. C'est pourquoi vous m'avez vu écrire mon nom sur la tombe de Rose. Vous me demandiez tout à l'heure si je croyais aux revenants. Je vous ai répondu que non, et malheureusement je n'y puis croire. Si j'avais cette croyance, que les morts quittent leur dernière demeure, il est une autre tombe où j'irais souvent m'inscrire, et le nom de celle qu'elle renferme est le même que celui ajouté ce matin auprès du mien sur la pierre de la Meilleraye. Celle-là aussi est morte victime d'un accident vulgaire comme en rapportent les journaux pour l'amusement des oisifs. Je venais de la quitter. Mon baiser était encore humide sur son front. Elle m'avait dit adieu, comme elle avait l'habitude à propos de toute séparation, ne fût-elle que d'une heure, coutume enfantine, qui ajoutait, par l'accent et le geste qui l'accompagnaient, une grâce à sa grâce. Adieu, disait-elle encore en secouant le petit bouquet de violettes dont j'avais fleuri sa main mignonne. Il faisait un grand et beau soleil, l'un des premiers de la saison. La ville avait un air de fête. Les passants marchaient dans la rue, pressés comme des gens qui ont un rendez-vous avec le bonheur. Les équipages couraient au bois ou aux promenades, emportant au-devant du printemps les belles dames et leurs cavaliers. Les pauvres eux-mêmes, insoucieux de l'aumône, regardaient le ciel tout plein de promesses clémentes. Ils oubliaient la dure saison qui avait fait leur pain si noir et si cher, et saluaient ce beau soleil qui faisait la terre féconde pour eux et pour tous. Je regardais ce mouvement, et comme dans un tableau on s'attache à une figure, je la suivais de loin. Elle aussi, vive et légère, obéissait à ces heureuses influences. Elle glissait parmi la foule, qui se retournait charmée par sa gentillesse. Comme un funèbre contraste à cette gaieté générale, comme un rappel lugubre aux attristantes pensées qui font une ombre éternelle à la joie humaine, un corbillard vint à passer, un corbillard des pauvres suivi de quelques amis et d'un petit enfant porté dans les bras d'une femme qui pleurait. L'enfant sautait dans les bras de la mère; il étendait les mains vers la noire voiture, et par son langage enfantin semblait demander à y aller. Les passants se découvraient devant ce char funèbre. Quand il passa auprès d'elle, je la vis de loin faire le signe de la croix. Elle marchait moins vite; assurément la vue du petit enfant lui avait causé du chagrin : elle avait si bon cœur! Je la perdis de vue et je revins sur mes pas. Tout à coup j'entendis des cris, de ces cris qui, sans qu'on sache pourquoi, sonnent le tocsin d'un malheur. Je me retournai aussitôt. A cinquante pas devant moi, je vis un groupe rassemblé au milieu de la rue. Il se grossissait de seconde en seconde. Bientôt ce fut une foule que je devinai tumultueuse et bruyante. Dans la rue, les voitures et les cavaliers s'arrêtaient. Je fouillai d'un regard ce rassemblement. Je n'aperçus point celle que je cherchais. Elle est dans le groupe, dis-je en moi-même. Je craignis qu'il ne lui arrivât un accident. Je m'élançai. Je n'eus pas besoin de m'informer. Pauvre enfant! disait une amazone à un jeune homme qui l'accompagnait et se haussait sur ses étriers. Dépêchons-nous, dit le jeune homme à l'amazone, on nous attend. Ils piquèrent leurs chevaux et disparurent. Pauvre enfant! répéta encore l'amazone. J'entrai dans le groupe. Elle y était, morte, écrasée par une voiture chargée de pierres. Elle tenait encore à la main le bouquet de violettes, comme Rose Lacroix ses roses blanches. Déjà le pavé se rougissait autour de son corps. On me vit pâlir, et quelqu'un me demanda si je la connaissais. Hélène! ma chère Hélène! Elle était morte, entre mon baiser et son adieu, en pleine rue, sous ce beau soleil, à cinquante pas de moi, au moment où je fredonnais un air joyeux, et sa mort faisait spectacle à la pitié ambulante! Des gens racontaient comment cela était arrivé, et ceux qui les écoutaient le racontaient à d'autres. Un homme passa; il apprit que je connaissais la victime, et me demanda le nom, l'adresse, l'âge. Il voulait rédiger une note pour un journal. C'est bien malheureux, disait-il en taillant son crayon. Voilà l'histoire de mon Hélène, acheva Antoine. Elle a emporté mon bonheur avec elle. Où est sa tombe? Elle n'en a plus. La concession expirée, on n'a pu la renouveler. C'est ignoble, la vie! tout tourne autour d'une pièce de cent sous.

Si Antoine avait été lui-même moins ému par son propre récit, il aurait pu observer dans la physionomie de sa compagne les symptômes d'une émotion qui n'était pas seulement causée par le tableau de cette mort si cruellement détaillée, comme si le narrateur avait voulu, par cette exactitude, faire saigner plus douloureusement la blessure rouverte par son souvenir. Hélène l'avait écouté plus haletante qu'attentive, allant d'un œil inquiet au-devant de sa parole; elle se sentait atteinte d'un malaise inconnu, c'était une souffrance sourde plutôt qu'aiguë, mais insupportable comme un mal vague. Elle ne pouvait préciser où en était le siége, ni en définir la nature; jamais elle n'avait éprouvé rien de pareil. Dans ce récit, qui devait exciter sa sensibilité, sans qu'elle pût deviner pourquoi, il y avait quelque chose qui l'irritait. Elle sentait les larmes lui venir aux yeux, et il lui semblait que ces larmes avaient moins leur source dans la pitié que dans sa propre douleur, dans cette douleur sans nom, sans cause, dont les élancements étaient plus pressés, dont l'angoisse était plus vive, surtout aux instants où Antoine par son accent révélait un regret qui donnait à Hélène la mesure du profond amour qu'il avait eu en d'autres temps pour cette défunte encore si vivante dans sa pensée.

Ainsi d'étranges destinées abrègent pour quelques êtres les lenteurs ordinaires qui accompagnent le développement de certains sentiments. Un arrangement des faits, une rapide succession d'influences les attirent, les entraînent et les transportent au centre même de la passion, les soumettent à l'ardeur du foyer avant même qu'ils en aient pu apercevoir la première lueur. Hélène n'était point novice à la façon des ingénues à tablier rose, comme il en fourmille dans un répertoire banal qui taille les caractères sur le patron de la convention. Elle n'avait pas lu de romans, parce qu'on les avait toujours tenus écartés de ses yeux, et que la nature de son esprit ne l'attirait point vers des œuvres qui avaient la fiction pour objet, non pas absolument qu'elle les jugeât dangereuses, mais plutôt parce qu'elle les trouvait inutiles. Pour n'avoir pas lu ces sortes de livres, elle se doutait bien de ce qu'ils pouvaient contenir. La science avait d'ailleurs souvent mis entre ses mains des écrivains qui entraient dans l'intimité de l'histoire, et allaient curieusement chercher les effets dans les causes. Ces révélations l'avaient initiée à des passions qui montraient l'homme ou la femme sous le héros ou l'héroïne d'un grand événement, et peut-être quelquefois, son imagination ayant un point de départ, avait-elle complété ce qu'il y avait de trop bref dans le récit de l'historien. Cependant, pour avoir cessé d'être ignorante de certaines choses, elle n'en était pas moins restée naïve, et il lui fallait du temps et de la réflexion pour qu'elle pût, même par à peu près, classer ses sentiments dans un ordre naturel, et leur donner un nom qui répondît à la nature des sensations qu'ils lui faisaient éprouver. Cette douleur étrange et nouvelle à laquelle elle s'était sentie en proie pendant le récit d'Antoine, elle lui trouva son nom, lorsque celui-ci termina en disant : Ma sœur s'appelait comme vous, et si elle n'était pas morte, elle aurait votre âge. La joie qui remplaça subitement cette souffrance singulière, elle en savait la cause, elle en savait le nom : elle avait été jalouse, et quelle jalousie que celle qui remonte dans le passé et remue avec inquiétude des cendres froides depuis longtemps !

Cette joie fut si vive, si spontanée, qu'Hélène n'aurait pas eu le temps de la dissimuler, si la pensée lui en était venue ; elle lui vint cependant, et elle fit cette réflexion, qu'elle donnait un étrange spectacle à son compagnon. Heureusement celui-ci ne la regardait pas; il reconduisait au fond de son souvenir l'ombre fraternelle un moment réveillée. Lorsque l'émotion que ce récit lui avait causée se fut apaisée, lente comme la vibration d'un son qui s'éteint, il regarda alors sa compagne. La sensibilité d'Hélène, qui n'était plus contenue par une préoccupation jalouse, se trahissait par des larmes. Antoine ne lui dit que deux mots : Pardon et merci. Ils reprirent leur promenade, silencieux l'un et l'autre, ne songeant plus, comme auparavant, à observer strictement une distance qui les tînt également rapprochés de ceux qui les suivaient, et déjà moins inquiétés par cette idée de tête-à-tête.

Cependant la nuit était venue. Un de ces brusques changements d'atmosphère communs sur les côtes avait, après le coucher du soleil, altéré la beauté de la soirée. Une ombre opaque, mêlée au brouillard, effaçait tous les objets; les plus voinsins même n'offraient point de saillie au regard. Seule clarté de ces ténèbres profondes, les feux de la Hève alternaient leurs rotations lumineuses qui font la sûreté des pilotes; on eût dit des météores arrêtés entre ciel et terre. Au delà de la falaise, dont les limites n'étaient indiquées que par une de ces lignes indécises qui semblent la frontière du vide, on devinait une étendue confuse, tourmentée par des mouvements vagues, et d'où s'élevait une rumeur régulière : c'était la mer. Les deux jeunes gens marchaient assez rapprochés. Antoine n'avait pas proposé son bras à Hélène; il comprenait que cette offre, toute naturelle s'il l'avait faite plus tôt, pourrait sembler singulière, l'étant aussi tardivement; d'ailleurs un contact l'eût gêné, et sa compagne aussi peut-être. Sans analyser ses impressions, il restait paisiblement sous leur charme, et n'allait pas en imagination plus loin que l'heure présente; sa seule crainte était d'entendre brusquement derrière lui le pas de son ami Jacques ou la voix de M. Bridoux. Il se retournait quelquefois, prêtant l'oreille pour apprécier quelle distance l'éloignait d'eux; mais il n'entendait rien que le bruit de la mer ramenant les galets sur la grève prochaine. Oh! qu'il était véritablement loin de Paris et de ceux qu'il y avait laissés! Comme il avait su tracer bien vite autour de la place qu'il occupait avec Hélène un cercle d'égoïsme qui le protégeait contre le retour importun de tout souvenir trouble-rêve comme ceux qui étaient venus l'assaillir pendant le dîner du *Bon couvert!* Et Hélène, comme elle était aussi éloignée de ce sombre cabinet d'étude aux murs enfumés par la lampe des veilles ! comme chaque pas qu'elle faisait à côté d'Antoine l'en éloignait davantage ! Avec quel accord ils s'isolaient de toute pensée étrangère à cette nouvelle pensée dont ils se sentaient le cœur plein, si plein, qu'une seule parole pouvait le faire subitement déborder! Mais ils préféraient ce silence dans lequel ils étaient rentrés en même temps, et le prolongeaient à dessein pour ne pas troubler cette muette harmonie, au milieu de laquelle une parole, quelle qu'elle fût, eût produit la dissonance pénible qu'un bruit apporte dans une musique.

Ce silence fut troublé pourtant, non par un mot, mais par un cri terrible auquel en répondit un autre. Ainsi, dans un duel à l'arme à feu, deux détonations se suivent de si près qu'elles se confondent. Hélène et son compagnon, qui marchaient tête baissée, allant devant eux d'une même allure, entendant à peine le bruit de leurs pas assourdi par le gazon, étaient arrivés sans y prendre garde à un endroit où la falaise rompait la ligne droite pour dessiner un angle brusque, dont la base formait une des criques où la vague est toujours émue, même dans les temps de calme. Le bruit qu'elle faisait en se brisant dans cette anfractuosité aurait pu avertir les deux jeunes gens qu'ils approchaient du bord; mais ils avaient, comme tout le reste, oublié même le lieu où ils se trouvaient, et ne songeaient à aucune des précautions nécessitées par le terrain. Tout à coup Antoine avait senti le sol manquer sous l'un de ses pieds. Il se trouvait sur la crête de la falaise, à un endroit où une rapide déclivité de terrain commençait à décrire une perdendiculaire à pic, dont la base et le sommet étaient séparés par une hauteur de deux cents pieds. Antoine sentit le sol friable céder sous celui de ses pieds déjà engagé sur cette déclinaison dangereuse. Une pierre lui servit un moment de point d'appui; mais cette pierre, chassée par la pression du pied, glissa tout à coup. Antoine porta le haut de son corps en avant, et appuya au hasard une de ses mains sur le sol; il ressentit une vive douleur, ses doigts se déchiraient aux ardillons aigus d'une espèce de ronce rampante. Il allait lâcher prise; mais le roulement de la pierre qui avait manqué sous son pied, et qui lui révélait un terrain en pente, s'arrêta presque aussitôt, et il entendit au-dessous de lui le bruit qu'elle faisait en tombant dans la mer. Le danger se révéla alors dans sa pensée; il comprit qu'il était sur le bord extrême de la falaise, dont l'élévation lui était indiquée par le temps qui s'était écoulé entre l'instant où la pierre à laquelle il s'était retenu lui avait échappé et celui de sa chute. Entraîné par le poids de son corps, il sentait ses deux pieds ouvrir sous lui un sillon qui rendait la déclinaison encore plus sensible, et l'équilibre d'autant plus difficile à maintenir, que les ronces qui ensanglantaient ses mains lui semblaient douées d'une subite élasticité. Au lieu de le retenir, elles le suivaient. Déjà elles n'étaient plus retenues en terre que par quelques racines, et dès qu'elles se trouvaient isolées les unes des autres, elles se rompaient avec un bruit sec. Au même instant, le vent, qui venait de s'élever, poussa au large les nuages qui cachaient la lune. Son premier rayon inonda la mer d'une clarté soudaine. Le danger, seulement prévu, devint visible. Deux pas séparaient à peine Antoine de l'endroit où la pente de la falaise cessait brusquement pour faire place à une ligne perpendiculaire. Il aperçut les ronces qu'il avait enroulées autour de son bras comme une corde sortir de terre à moitié déracinées. Un mouvement involontaire qui l'obligeait à appuyer plus fortement son pied sur le sol détermina la chute de quelques autres petits cailloux; il ferma les yeux, et poussa un cri.

Tout cela s'était passé en moins de temps qu'il n'en faut pour le raconter. Hélène ne s'aperçut du péril couru par son compagnon qu'au moment où l'obscurité, qui en avait été la première cause, cessa avec l'apparition de la lune. Elle en comprit toute l'immensité, et c'est alors qu'elle jeta aussi un cri d'effroi, seul témoignage de faiblesse que lui arracha le spectacle offert tout à coup à ses yeux. Faisant un appel soudain à toutes ses forces viriles, elle se sentit revêtue d'une cuirasse de placidité qui rendait à sa pensée toute sa liberté d'action, qui mettait son âme à l'abri de tout désespoir stérile. Comprendre le péril, c'est déjà l'amoindrir, et le sang-froid est le meilleur instrument de délivrance; il double les chances de salut, de même que la terreur double les chances de perte. D'un prompt coup d'œil Hélène avait vu toute l'imminence du danger auquel était exposé Antoine, et le cri qu'elle avait poussé avait rappelé celui-ci à la vie en l'enlevant à cette paralysie d'intelligence, à cette mort anticipée que produit le vertige. Immobile et calme, Hélène commença par appuyer fortement les deux pieds sur la souche où se réunissaient les racines des broussailles auxquelles se retenait son compagnon. Si léger qu'il fût, ce secours prolongeait pour quelques secondes le douteux équilibre d'Antoine; mais elle comprit bientôt avec effroi que le poids de son corps devenait insuffisant pour maintenir plus longtemps en terre la souche de racines. Elle sentit le froid gagner son cœur. Légèrement détendues par un mouvement que venait de faire Antoine, les ronces rampaient comme des cordes lâches, bien que la main du jeune homme ne les eût point abandonnées. Hélène se pencha en avant autant qu'elle put le faire sans remuer les pieds; elle aperçut Antoine, qui cherchait vainement à l'apercevoir. Priez Dieu! lui cria-t-elle. Presque aussitôt elle jeta un cri de joie. A cette prière qu'elle venait de conseiller, la Providence avait répondu comme l'écho répond au son : un rayon de la lune venait de lui montrer, à demi caché dans l'herbe épaisse, un anneau de fer scellé à un fragment de roc enterré dans le sol, un bout de câble, pourri par l'humidité, était attaché à cet anneau, placé là sans doute pour faciliter l'ascension des marchandises de contrebande, et qui avait échappé aux recherches des douaniers. Le restant de câble n'était malheureusement pas d'une longueur suffisante pour être jeté à Antoine; mais Hélène fit la réflexion qu'elle pourrait l'allonger en y ajoutant le petit châle qu'elle avait sur les épaules.

— Pouvez-vous sans danger lâcher les ronces? demanda-t-elle vivement à Antoine. Il faudrait que je pusse cesser de les retenir pendant une minute au moins.

— Attendez, dit Antoine, faisant un effort pour enfoncer plus profondément son genou dans le trou, qui devenait, en abandonnant les ronces, son seul centre d'équilibre. Une minute! répondit-il après s'être assuré qu'il pouvait accorder ce temps sans risquer de glisser de nouveau sur l'extrême pente. Hélène bondit vers l'anneau, s'agenouilla auprès, retira son châle, le tordit en lien et commença à l'attacher au bout de corde. Elle fit un essai pour s'assurer de la solidité du nœud qu'elle venait de faire. Le châle et le bout de câble lui parurent soudés assez fortement pour supporter une violente traction. La minute n'était pas écoulée qu'elle s'entendit appeler par Antoine, qui avait perdu trois ou quatre pouces du terrain si péniblement conquis. Sa situation était encore plus critique qu'elle n'avait été : il sentait le bout de son pied dans le vide. Hélène courut au bord de la pente dangereuse et lui jeta le bout de son châle. Ce fut à peine si l'extrémité arriva à la portée de la main du jeune homme. Il s'en saisit pourtant. Reposez-vous un moment, lui dit Hélène, et préparez-vous à prendre un élan. Ne risquez rien avant d'être sûr de votre force.

Antoine respira. Regardez-moi, dit-il à la jeune fille.

Elle lui accorda ce regard qu'il demandait. Toute son âme y parut torturée par une angoisse qu'elle s'efforçait de faire muette, mais qui allait éclater, si ce supplice se prolongeait encore. Antoine se sentit gagné par ce contagieux courage que donne le sang-froid qui nous assiste. Il tira légèrement d'abord à lui le châle, qui se tendit comme une corde roide, et commença à se hisser en pesant le moins possible sur le lien sauveur. Il regagna ainsi les quelques pouces perdus un moment auparavant; mais la tentative suprême, c'était le mouvement ascensionnel qu'il devait faire en se suspendant à deux mains au châle d'Hélène. Il fallait en finir cependant. Depuis trois ou quatre minutes, tous les mouvements d'Antoine avaient creusé dans la terre amollie une espèce de rigole qui rendait sa chute immédiate, si un point d'appui ou de retenue venait à lui manquer, ne fût-ce qu'une seconde. Il s'enleva d'un pied d'abord, et dangereusement arc-bouté sur la pointe de l'autre, il se hissa péniblement. Tout à coup, au moment où la suspension allait devenir complète, Hélène entendit le châle qui se déchirait. Reprenez pied! s'écria-t-elle.

— La terre fuit! répondit Antoine d'une voix étranglée.

— Oh! mon Dieu, mon Dieu! fit la jeune fille en joignant les mains avec terreur.

Elle s'approcha du bord de la falaise, s'y agenouilla, et parut se pencher. Non, non ! cria Antoine. Prenez garde!

— Et vous, répondit-elle, prenez ma main.

Et la main d'Hélène arriva à celle d'Antoine avant qu'il eût pu la retirer. Je vous entraîne avec moi! lui dit-il.

Mais il sentit sa main serrée comme par un étau entre celle de la jeune fille, qui, se rejetant vivement en arrière, commença à l'attirer à lui. Antoine se sentit remonter légèrement, aidé par cette attraction passionnée. Déjà son pied avait atteint la partie du terrain qui avait été moins labourée par ses mouvements et avait conservé une apparence de solidité. Quant à Hélène, sa volonté de sauver Antoine avait coulé de l'airain dans son bras délicat. Elle se sentait pour ainsi dire scellée à la terre, comme cet anneau devenu inutile. Bientôt Antoine eut la tête au niveau du sol solide. Au fur et à mesure qu'elle sentait les progrès de l'ascension, Hélène se reculait d'un demi-pas, renversée en arrière et décrivant presque une ligne courbe par cette position cambrée qui assurait la persistance de ses forces et faisait la solidité de son point d'appui. Antoine n'avait plus qu'un effort à risquer pour poser un genou sur le terre-plein de la falaise. Il voulut s'aider du châle qu'il n'avait point quitté de sa main libre;

mais à peine l'avait-il saisi, qu'il sentit le châle venir à lui. Une sueur froide baigna son visage. Sa main, qui était dans celle de la jeune fille, était tellement insensible, qu'il ne sentait aucune pression. Il oublia qu'il était retenu par elle, et, pensant que tout était dit, il jeta un adieu à sa compagne. N'aie donc pas peur, dit Hélène en s'emparant de son autre main; je te tiens, moi!

La tendre énergie de cette parole fit encore renaître Antoine : il posa un genou sur le bord de l'abîme auquel il venait d'échapper, et une dernière, une puissante secousse l'éloigna enfin de quelques pas de cette périlleuse limite. Alors seulement il sentit les mains d'Hélène l'abandonner. L'œuvre de dévouement accomplie, celle-ci était redevenue femme. A cet excès d'énergie succéda un excès de faiblesse : elle tomba dans un état qui n'était ni l'évanouissement ni le délire, mais une espèce de désordre effrayé. Calme et immobile pendant le danger, elle s'en épouvantait quand il était passé. Cet accès de sensibilité nerveuse s'apaisa dans un flot de larmes. En même temps que lui revenait la mémoire des faits accomplis, elle sentait renaître cette réserve pudique qui revient chez les femmes avec leur raison. Cependant son accent et ses paroles n'essayèrent point de démentir par une contenance hypocritement étonnée la nature des sentiments auxquels la scène qui venait de se passer avait pu donner l'essor. Elle retira ses mains d'entre celles de son compagnon, mais sans donner aucun signe qu'elle fût blessée de la pression un peu tendre qui essayait de les retenir. Levons-nous, et allez chercher mon châle, dit-elle à Antoine.

— Déjà! fit Antoine, exprimant le regret qu'elle eût abandonné le tutoiement; déjà vous!

— Lève-toi, reprit-elle avec soumission, et va chercher mon châle...

Antoine fit ce qu'elle lui demandait. Il aperçut la corde pourrie : J'étais perdu, si je ne m'étais confié qu'à elle, dit-il.

— Mon châle est déchiré, fit Hélène; mon père me demanderait des explications, il faut que ce qui est arrivé ici soit secret entre nous.

Elle s'approcha du bord de la falaise, ramassa une pierre, l'enveloppa dans son châle qu'elle jeta dans la mer. Je dirai à mon père qu'un coup de vent l'a emporté de dessus mes épaules. Ce sera la première fois que je mentirai. Je lui dirais bien tout, continua-t-elle comme si elle se fût parlé à elle-même, mais il ne me comprendrait pas. Et moi-même, est-ce que je comprends quelque chose à ce qui m'arrive? Quelle journée! quelle soirée! Qu'allez-vous penser de moi, demanda-t-elle brusquement en se retournant devant Antoine, et quel souvenir gardez-vous de cette Hélène qui agit et parle comme j'ai fait avec vous, hier encore un étranger?

— Est-ce un regret? demanda Antoine.

— Non, dit-elle en secouant la tête. Je vous ai aidé dans un péril autant par égoïsme que par dévouement. Ah! vous avez couru un grand danger ! ajouta Hélène avec conviction.

— Je le sais, répondit-il sur le même ton, et vous avez presque risqué votre vie pour sauver la mienne, Hélène, chère Hélène !

Celle-ci tressaillit en s'entendant appeler avec cet accent de tendresse. Comme Antoine voulait lui prendre la main, elle lui fit remarquer que les siennes avaient été déchirées par les ronces et que le sang coulait encore. On pourrait voir cela, dit-elle avec vivacité, et en être étonné. Oh ! vous devez souffrir ! fit-elle avec pitié.

— Je n'y pense pas, répondit Antoine.

— Si nous étions obligés de faire l'aveu de cet accident, reprit la jeune fille, quelle raison pourrions-nous donner pour expliquer les circonstances qui l'ont fait naître? Il faut que cela reste secret entre nous : vous me promettez de n'en pas parler à votre ami?

Ignorant où on pourrait trouver de l'eau dans le voisinage, Hélène indiqua à son compagnon la rosée qui rendait l'herbe humide sous son pied. Il y étancha ses légères blessures, dont la douleur consistait seulement en une cuisson un peu vive qui fut calmée par la fraîcheur de ce bain glacé. Mais vous aussi, dit Antoine, vos mains doivent être tachées de sang : elles ont touché les miennes. Il cueillit une touffe d'herbe mouillée et essuya les mains de la jeune fille. Ils furent interrompus dans ces soins, que leur inspirait la prévoyance, par un admirable accord de voix humaines qui s'éleva à quelque distance du lieu où ils se trouvaient. Les chants paraissaient se rapprocher. A une cinquantaine de pas en avant, ils aperçurent une masse confuse et mouvante formée par les chanteurs. Allons écouter cette belle musique, dit Hélène. Voilà un prétexte pour expliquer notre absence : quand mon père nous rejoindra, nous dirons que nous écoutions les chanteurs.

Et, prenant d'elle-même le bras de son compagnon, elle lui dit presque avec gaieté : Regardez bien devant vous au moins, car si vous tombiez cette fois, vous ne tomberiez pas seul.

Antoine s'aperçut qu'elle éprouvait quelque difficulté à marcher. Ce n'est rien, dit-elle. Comme il insistait, elle lui avoua que ses pieds avaient été un peu meurtris par les racines des ronces lorsqu'elle avait voulu le retenir. L'étoffe légère de sa bottine avait été déchirée. Mon père va dire que je ne suis pas soigneuse : un châle perdu et une chaussure neuve déjà dans cet état!... Je me relèverai cette nuit pour raccommoder cet accroc.

VI

L'ÉMIGRANTE.

Hélène et Antoine eurent bientôt atteint le groupe des chanteurs qui s'étaient arrêtés sur la plate-forme où s'élèvent les phares. C'étaient des émigrants allemands qui attendaient le prochain départ pour l'Amérique. On les rencontre ainsi par bandes dans les rues et les environs du Havre, où quelquefois même les hôtels et les auberges ne suffisent pas pour les loger. Ils campent alors sur les places et sur les quais avec tout leur pauvre ménage, leur seule fortune quelquefois, car beaucoup, le passage payé, ne débarquent pour toute pacotille sur la terrre étrangère que leur courage et leurs bras.

Ceux qu'avaient rencontrés Antoine et Hélène venaient peut-être faire leur dernière promenade sur le continent, dont le premier navire en partance allait les éloigner. Avec ce merveilleux instinct harmonique qui fait des Allemands les premiers musiciens du monde, ils répétaient ces chants, naïfs échos de l'inspiration populaire destinés à devenir, au delà des mers où ils les emportaient avec eux, le *Super flumina Babylonis* de la Germanie. Hélène et Antoine se sentaient pénétrés par ces chants merveilleux, empreints de cette poésie mélancolique que donne le regret; mais cette influence ne les distrayait pas de leurs sensations communes, elle s'y mêlait pour leur donner un nouveau charme : c'était une poésie ajoutée à une autre. Comme ils écoutaient avec le recueillement que l'art impose même aux plus indifférents, quand il se manifeste par une belle chose, ils entendirent une voix qui s'écriait : Parbleu! j'étais bien sûr qu'ils étaient à entendre la musique. C'étaient M. Bridoux et Jacques.

— Il y a longtemps que vous êtes là? demanda le premier.

— Mais, reprit vivement Hélène, tu le savais bien, puisque je t'ai crié que nous allions entendre les chanteurs.

— C'était de bien loin alors, répondit naïvement M. Bridoux, car je n'ai rien entendu.

— Quand tu causes, lui dit sa fille avec gaieté, tu sais bien que tu n'entends guère que toi.

Et, par un regard rapide adressé à Jacques, elle avait l'air de lui dire : N'est-ce pas, qu'il vous en a conté long?

— Il n'est pas étonnant que nous n'ayons pas entendu la voix de mademoiselle, répondit Jacques, croyant deviner une sollicitation d'affirmation dans les yeux d'Antoine : le bruit de la mer nous en aura empêchés.

— Mais qu'as-tu fait de ton châle? demanda tout à coup M. Bridoux, voyant les épaules de sa fille découvertes.

Antoine sentit sa compagne, qui n'avait pas quitté son bras, faire un mouvement.

— Ah ! mon châle, fit Hélène ; à l'heure qu'il est, il s'en va peut-être en Amérique, comme y vont aller ces pauvres gens que nous écoutons chanter. Quand nous avons entendu leurs voix, monsieur et moi, dit Hélène en montrant Antoine, nous nous sommes mis à courir ; ce gros vent s'est engouffré dans mon châle, je l'ai senti quitter mes épaules ; j'ai voulu courir après... Hélène s'arrêta un instant ; elle venait d'apercevoir son père, qui avait l'œil fixé sur la main d'Antoine, enveloppée d'un mouchoir blanc taché de quelques gouttes de sang. Votre main vous fait-elle souffrir ? demanda tout à coup la jeune fille à son compagnon, et, sans lui donner le temps de répondre, elle ajouta en s'adressant de nouveau à son père : Monsieur a couru avec moi pour rattraper mon châle, et comme la nuit était noire en ce moment, il a fait un faux pas, et est tombé la main sur un tesson qui l'a écorché un peu. Pendant ce temps, le châle s'en allait probablement vers la mer, où le vent le poussait. Ah ! il était si léger!

Hélène achevait à peine cette explication, donnée avec un accent de tranquillité qui révoquait toute espèce de doute, lorsqu'elle lut dans la physionomie de son père que celui-ci, à la contrariété que lui causait la perte du châle, joignait une inquiétude nouvelle dont la robe d'Hélène paraissait être l'objet. En effet, chose qu'elle n'avait pas remarquée, une partie de l'ourlet du bas avait été déchirée par les ronces. Hélène prévit une interrogation dans les yeux de son père; elle abaissa la main vers la robe endommagée, et, prenant un petit air confus, elle ajouta aussitôt : Tu vois, un malheur n'arrive jamais seul; en courant après mon châle, j'ai déchiré ma robe. Ah! je t'avais bien prévenu que l'étoffe était mauvaise, ajouta-t-elle avec vivacité.

M. Bridoux ne conçut aucun soupçon sur la véracité des explications fournies par sa fille ; seulement il calculait le dommage, et s'étonnait peut-être que sa fille, qui avait dû faire le même calcul, prît si gaiement son parti d'une perte réelle. Voulant faire diversion à la contrariété qu'elle voyait dans son silence et dans sa figure, Hélène reprit avec la même vivacité : C'est bien malheureux que tu ne m'aies pas entendue quand je t'ai appelé, tu as perdu le plus beau morceau du concert. Quand nous sommes arrivés, je te croyais derrière nous.

— Monsieur votre père avait la bonté de m'expliquer par quelles nombreuses transformations passe le minerai de fer avant de devenir un outil, répondit tranquillement Jacques en lançant à Antoine un coup d'œil significatitif pour lui révéler l'intéressante conversation qu'il avait eue avec le père d'Hélène pendant son absence.

— En revanche, reprit M. Bridoux désignant Jacques, monsieur a bien voulu m'expliquer certains détails de son art qui m'ont causé un grand étonnement. J'avais toujours cru, en voyant une statue, qu'on la taillait à même dans le marbre ou la pierre; eh bien! figure-toi qu'il faut d'abord pétrir un modèle, et qu'ensuite...

— Écoute donc, fit Hélène en interrompant son père; ils vont encore chanter.

En effet les Allemands commençaient un nouveau chœur; les trois jeunes gens firent silence. Tout est sauvé! dit Hélène de manière à n'être entendue que d'Antoine.

— Ah! ces têtes carrées! fit M. Bridoux, j'en ai eu dans mes ateliers; quels braillards ça faisait! Au reste, francs compagnons; mais la tête dure comme une enclume.

— Tu n'écoutes donc pas? lui dit sa fille doucement.

— Que veux-tu que j'écoute, puisqu'ils chantent dans leur langue? Je ne comprends pas ce qu'ils disent, ni toi non plus.

Jacques, reconnaissant dans le chant des émigrants un *Lied* qu'il avait entendu répéter par un jeune Souabe, son confrère d'atelier, qui lui en avait donné la traduction, interrompit M. Bridoux. Ils disent, fit-il en désignant les chanteurs, que tant qu'il y aura dans la verte Allemagne une jeune fille aux tresses d'or et aux yeux bleus et un hardi compagnon pour regarder le ciel dans ses yeux, elle ne mourra pas, la race patience et héroïque qui, au jour où l'étranger menace sa frontière, fait un glaive avec le soc des charrues, et des charrues avec le fer des glaives, quand les oliviers de la paix se mêlent à l'épi des moissons. Ils disent que tant qu'il y aura dans la verte Allemagne une jeune femme aux tresses d'or et aux yeux bleus et un bon compagnon paisiblement assis devant leur maison à la fin d'un jour de travail, elle ne mourra pas, la race hospitalière qui met du feu dans l'âtre, dresse un bon repas, arrosé de bière mousseuse, dès qu'elle aperçoit le mendiant courbé sur son bâton de misère, et bénit le chemin qui amène un hôte. Ils disent que tant qu'il y aura dans la verte Allemagne une matrone aux cheveux gris et un vieux compagnon qui marcheront courbés et d'un pas lentement égal, elle ne mourra pas, la race des enfants pieux qui ont le respect des vieillards et s'arrêtent dans leurs jeux pour saluer l'âge blanchi. Voilà ce qu'ils disent et ce qu'ils rediront bientôt aux échos du désert où l'exil les emmène, acheva Jacques.

— C'est fort bien, tout cela, répondit M. Bridoux. Ces

Allemands sont très-honnêtes : j'en ai employé un qui a rapporté une fois à mon comptable dix francs de trop qu'on lui avait donnés dans sa paye. C'était mon neveu qui payait ce jour-là : il a dit à l'ouvrier qu'il pouvait garder les dix francs en récompense de son honnêteté. J'ai dit à mon neveu : Mon garçon, l'honnêteté n'est pas un état, c'est une vertu, on ne la paye pas, surtout quand c'est avec l'argent des autres. Je voulais lui retenir la somme sur ses appointements, non que je blâmasse son action, mais pour lui apprendre à ne pas se tromper une autre fois. Seulement Olivier mangeait ses appointements en herbe, et comme il m'a quitté, j'en ai été pour mes dix francs. Vous entendez bien que je ne les lui réclamerai jamais. C'est pour vous dire que les Allemands sont très-honnêtes.

Cependant le groupe des chanteurs commença à se disperser. M. Bridoux et ses trois compagnons les suivirent pendant quelque temps. Je comprends que ça doit paraître dur de quitter son pays. Pourtant, quand on s'exile avec sa famille, disait M. Bridoux à Jacques, quand on emporte même ses meubles!

— Eh bien! quoi?

— C'est à peu près comme si on était dans son pays.

— Mais la patrie? fit Jacques.

— Oui, certainement; mais enfin gagner sa vie dans un pays ou dans un autre, le meilleur, dans ce cas, est encore le pays où la vie est plus facile à gagner; mon bon sens me dit cela.

— Sans doute, répondit Jacques sur le même ton. Et il murmura : C'est une belle chose que le bon sens!

L'intention ironique de ces derniers mots ne fut pas saisie par M. Bridoux. Hélène était toujours au bras d'Antoine, et au lieu de précéder, les deux jeunes gens suivaient cette fois. Dans un moment où son ami s'était trouvé auprès de lui, Antoine lui avait dit très-bas et très-vite : Faites prendre le plus long. Jacques avait souri, et comprenant le but de cette demande, il s'appliquait à rendre M. Bridoux attentif pour continuer aux deux jeunes gens qui marchaient par derrière toute la tranquillité et tout le mystère que pouvait souhaiter leur tête-à-tête. Au lieu de revenir par la falaise, on redescendit par Sainte-Adresse et le faubourg d'Ingouville. Pendant cette dernière heure qu'ils passèrent ensemble aussi isolés qu'ils pouvaient le désirer, grâce à l'obligeante complicité de Jacques, Antoine et Hélène précisèrent plus complétement leurs aveux. Ils se firent mutuellement les confidences de tout ce qu'ils avaient éprouvé depuis que le voyage les avait réunis, et reconnurent que leurs sentiments avaient suivi une progression égale. Hélène avait fait le récit de sa vie. Moins indiscrète que son père, ou l'étant en d'autres termes, elle fit entrer Antoine dans son intérieur. Antoine lui avoua que M. Bridoux lui avait déjà fait connaître en partie les détails de cette existence laborieuse et difficile. Il confessa à Hélène que ces indiscrétions paternelles avaient été une des premières causes de l'intérêt qu'elle lui avait inspiré, et qui s'était accru au point qu'il avait été forcé de lui donner un autre nom. Lui aussi raconta sa vie. Hélène y retrouva un écho de la sienne. Elle pouvait mieux qu'une autre comprendre, sous les formes discrètes d'un récit qui ne quêtait pas la pitié, ce qu'il y avait en réalité de misère réelle et courageusement acceptée dans l'existence des *Buveurs d'eau*. Elle se passionnait d'un enthousiasme quasi filial pour la grand'mère d'Antoine ; un peu plus elle aurait dit : Notre grand'mère. Dans le courant de ces mutuelles révélations, le souvenir de son album revint à l'esprit d'Antoine. Hélène ne lui en avait pas encore parlé. Au moment où il allait l'interroger à ce propos, ce fut la jeune fille elle-même qui alla au-devant de sa pensée. Pouvait-elle craindre de montrer de la confiance à qui venait de lui en donner tant de preuves ? Elle raconta comment, après avoir trouvé l'album dans le waggon, elle et son père avaient voulu l'utiliser à leur profit. Elle dit les raisons qui l'avaient retenue quand la pensée lui était venue de le restituer. Et en voici une que vous oubliez, dit Antoine en tirant de sa poche la copie de la chanson d'Olivier trouvée sur le remorqueur, et qu'il avait conservée.

— Vous ne m'avez pas laissé finir, dit-elle à son compagnon, après qu'il lui eut appris comment ce papier se trouvait entre ses mains.

Pressentant qu'il y avait peut-être une préoccupation

jalouse dans la remarque d'Antoine et connaissant par une récente expérience toutes les angoisses de ce tourment, elle se hâta de les lui éviter. Non, ce n'est pas ce que vous croyez, lui dit-elle en pesant doucement sur son bras, comme pour faire de cette pression une caresse. Elle avoua la puérile curiosité qui l'avait poussée à copier ces vers. Antoine fut ému de la persistance qu'elle mettait à être crue. Bien crue? ajouta-t-elle, et je ne suis pas menteuse, du moins je ne l'étais pas avant de vous connaître; j'ai bien menti à mon père tout à l'heure, mais c'était à cause de vous, à cause de nous, fit-elle plus vivement, devinant que cette pluralité était une câlinerie de langage. Elle s'exprima, à propos de son cousin Olivier, sinon dans les mêmes termes, du moins de façon à confirmer ce qui avait été dit par M. Bridoux relativement à la froideur qui existait entre sa fille et son neveu.

— Olivier, qui me dit volontiers ses affaires, ne m'a jamais parlé de vous, fit Antoine.

Voulait-il, en constatant l'indifférence de son ami pour sa cousine, voir si Hélène n'éprouverait pas quelque chose qui ne fût pas en rapport avec ses paroles? Sans même prévoir un piége, Hélène profita de cette objection pour rassurer davantage celui qui la soulevait. Vous voyez bien, lui dit-elle joyeusement, il ne pense pas plus à moi que je ne songe à lui.

— Cependant, insista Antoine, il a dû y penser en écrivant ces vers.

— Que voulez-vous? fit Hélène, je ne puis rien dire à cela; au moins est-il bien certain que j'en ignorais l'existence. Olivier a été très-blessé de ma réserve quand il a reparu à la maison.

— Pourquoi cette réserve avec un parent qui pourrait être au moins un ami?

— Pourquoi ai-je si peu de réserve avec vous, qui étiez un étranger pour moi il y a deux jours? explique-t-on cela? répondit Hélène. Tenez, ajouta-t-elle, je vais penser à lui maintenant que je sais qu'il est votre ami; ce sera une façon de penser à vous.

Antoine, charmé par cette franchise d'aveux, serra la main à sa compagne. Comme ils entendirent le bruit des voitures qui annonçaient la ville, ils s'aperçurent avec terreur qu'ils étaient aux portes du Havre; mais grâce à une manœuvre de Jacques, ils eurent encore quelques moments à passer ensemble. Le sculpteur, habitué aux coutumes de la ville, savait qu'à l'exception d'une seule, toutes les portes étaient fermées à une certaine heure, et il promena M. Bridoux, un peu alarmé, autour des fortifications du Havre, dont tous les ponts-levis étaient levés. Je sais bien qu'il y a encore une porte ouverte, disait le sculpteur; mais il faut la trouver.

Cette inutile promenade autour de la ville prolongea d'une heure l'entretien de ceux au bénéfice desquels elle était faite. Cependant Jacques finit par découvrir la porte, devant laquelle on avait passé à deux reprises, mais chaque fois Jacques détournait l'attention de M. Bridoux. Quand on fut en ville : Où êtes-vous descendu ? demanda Jacques à son compagnon; vous ne connaissez pas la ville, vous pourrez peut-être avoir besoin d'indications.

— Attendez que je demande à ma fille, je ne sais pas le nom de l'hôtel où nous sommes débarqués; mais elle a une mémoire d'ange.

— Au *Bon Couvert*, dit Hélène, répondant à l'interrogation de son père. Jacques regarda Antoine avec surprise. On arriva devant l'auberge. Hélène et Antoine échangèrent une dernière parole; mais l'une avait dit adieu, quand l'autre avait dit au revoir, et Antoine remarqua qu'au moment où elle quittait son bras, Hélène tremblait. On échangea un bonsoir pressé. Les deux couples habitaient deux corps de bâtiments séparés ; on se quitta dans la cour.

— Çà, mon cher, dit Jacques, quand il fut rentré dans la chambre qu'il devait habiter avec son ami, prenez un siége, comme dans *Cinna*, et causons. Je ne suis pas content de vous; ce n'était point la peine de si bien pousser le verrou, puisqu'il fallait afficher votre secret sur la porte. Il y a environ trois heures, je voudrais pouvoir vous le dire montre en main, vous m'avez certifié que vous n'aviez pour mademoiselle Bridoux qu'un intérêt tout à fait passager, et vous avez actuellement la mine et les allures d'un homme parfaitement amoureux. J'aurais dû me venger de votre méfiance à mon égard en refusant d'être deux fois votre complice pendant cette soirée, la première en courant après vous quand vous couriez après mademoiselle Bridoux, qui courait après son châle, la seconde en prenant le plus court, au lieu de prendre le plus long, pour nous ramener au Havre. Si vous aviez eu un peu de confiance, j'aurais consenti à vous perdre; ce sera pour la prochaine occasion : indulgence complète, dit l'artiste en tendant la main à son compagnon, mais à la condition que vous allez tout me dire, et d'ailleurs vous devez avoir le gosier altéré d'indiscrétions, ou vous n'êtes pas un amoureux ordinaire.

Antoine raconta tous les événements de la soirée.

— Voilà une brave fille, fit Jacques après le récit de la scène de la falaise, et qui me paraît avoir le cœur planté au bon endroit.

Au même instant, la fenêtre qui était en face de la leur, dans le corps de bâtiment opposé, s'ouvrit, et ils entendirent M. Bridoux crier à un garçon qui était dans la cour qu'il le réveillât le lendemain, pour le départ du bateau de Trouville; puis la croisée se referma.

— Faut-il faire monter le garçon et lui faire la même recommandation pour vous? dit Jacques à Antoine, qui avait fait un mouvement. Non, n'est-ce pas? ajouta le sculpteur en riant, puisque, n'étant pas en état de dormir, vous vous trouverez tout réveillé demain.

— Je n'ai pas dit cela, répondit Antoine, étonné de ce départ, dont Hélène ne lui avait point parlé.

— Autant le dire, puisque c'est votre intention.

— Mais je n'ai pas dit qu'elle fût telle.

— Supposons-le, dit Jacques, et permettez-moi de vous adresser quelques observations, ajouta-t il avec une certaine gravité. Si vous suivez mademoiselle Bridoux étape par étape, où cela va-t-il vous mener? Certainement à un autre but que celui de votre voyage. D'après tout ce que vous m'avez dit, d'autres pourraient trouver dans la conduite de cette jeune fille une cible à blâmes très-vifs pour la promptitude avec laquelle elle vous a fait un aveu que les demoiselles bien élevées détaillent pendant six mois par menus soupirs et menus propos. J'aime les instruments francs qui donnent tout de suite toute leur capacité de son. Cet aveu a d'ailleurs été amené par des circonstances particulières : la dissimulation eût été un homicide dans un moment où un mot d'amour devenait presque un élément de sauvetage, puisque, vous rendant la vie plus chère, il augmentait le courage que vous pourriez déployer pour la conserver. Vous, qui devez la connaître mieux que moi, de cette audace et de cette franchise un peu vive dont mademoiselle Bridoux a fait preuve envers vous, vous ne tirez, j'en suis sûr, aucune conséquence blessante pour elle. Qu'allez-vous faire? La suivre? C'est introduire dans sa vie et la vôtre des éléments d'inquiétude. Écoutez-moi aussi sérieusement que je vous parle. Le sentiment que cette jeune fille vous a inspiré et qu'elle partage a-t-il quelque ressemblance avec ce que vous avez pu, en un autre temps, éprouver pour d'autres femmes?

— Non, dit Antoine; j'ai dans ma vie des épisodes comme on en rencontre dans les premiers temps de la jeunesse; mais voilà bien longtemps déjà que j'ai renoncé à des liaisons nées plus souvent du hasard que de la sympathie.

— Vous ne croyez donc pas pouvoir renouveler avec mademoiselle Bridoux, et ce n'est pas votre intention, une de ces liaisons, fût-ce même dans des conditions plus sérieuses et plus durables que celles dont vous parlez? Non, vous ne faites pas cette offense à cette jeune fille ; alors, encore une fois, à quoi bon la suivre?

Antoine resta silencieux.

— Vous m'alarmez, reprit Jacques ; je ne vous vois pas sans peine ébaucher une aventure qui n'a pas de conclusion possible. Ah! s'il s'agissait d'une de ces aimables personnes qui dénouent les rubans de leur bonnet dès qu'elles aperçoivent seulement l'ombre d'un moulin, je vous dirais : En avant! c'est charmant. Rien ne vaut en effet ces courts romans, nés dans l'atmosphère de l'imprévu, qui ont en voyage toute la saveur du fruit cueilli sur la haie de la grand'route; quand le dénoûment arrive, ceux qui en sont les héros se séparent, sans même avoir la pensée d'ajouter : « La suite à demain. Vive les histoires d'amour en un seul numéro, qui ne laissent pas de traces dans la vie et pas d'ennuis dans le souvenir!

Mais mademoiselle Bridoux est à mes yeux tout l'opposé d'une héroïne de ce genre. Laissez donc cette jeune fille à sa tranquillité, et vous-même conservez la vôtre : rien n'est plus sain, voyez-vous, dans un voyage de travail comme celui que vous avez eu l'intention d'entreprendre, que d'avoir l'esprit libre. Pour moi, quand je chausse mes semelles de grand'route, j'aimerais mieux avoir vingt livres de plus pesant dans mon sac qu'une préoccupation du genre de celle que vous vous préparez à vous donner pour compagne.

Au jour levant, et dans d'autres termes, Jacques continuait à donner à son ami les mêmes conseils, et lui arrachait la promesse que rien ne serait modifié au plan qu'ils avaient concerté pour l'emploi de leur temps et à leur itinéraire. A quatre heures du matin, ils entendirent un des garçons de l'auberge qui courait dans le corridor, frappant à deux ou trois portes et criant : Les voyageurs pour Trouville, les voyageurs pour Caen !

Antoine tressaillit. Allons au quai seulement, dit-il à Jacques, que je la voie passer. Je vous promets de ne pas la suivre, mais je voudrais lui dire adieu. Songez donc que je ne la reverrai peut-être plus.

Jacques haussa les épaules. En amour, fit-il, c'est avec les adieux qu'on renoue les liaisons rompues : quand on a l'intention réelle de ne plus se revoir, le mot *adieu* est le seul qui ne se prononce pas.

Antoine se rassit sur le pied du lit. Au même instant,

le garçon d'auberge qu'ils venaient d'entendre frappa à leur porte. Nous ne partons pas, dit Jacques.

Mais la clef était restée sur la porte. Le garçon entra. Voici un petit livre que des voyageurs qui ont logé ici m'ont chargé de remettre à celui de ces messieurs auquel il appartient.

Antoine reconnut son album. Quand le garçon fut sorti, il en parcourut les feuillets avec précipitation. Sur l'une des rares pages qui étaient restées blanches, il remarqua quelques lignes d'une écriture étrangère. Elles contenaient seulement quelques phrases d'une grande simplicité; Hélène suppliait Antoine de renoncer à l'intention de la suivre, qu'il avait déjà manifestée dans les derniers moments de son entretien de la veille. A cette condition, disait-elle, je n'oublierai pas... Comme un appel à une vague espérance qu'elle essayait de faire partager, elle achevait en disant : Qui sait? peut-être nous retrouverons-nous, et en des circonstances où nous pourrons dire ce qui doit rester un secret entre nous dans celles où nous sommes placés. Adieu. Je serai heureuse si la Providence veut faire de ce mot un : au revoir !

— Eh bien ! dit Jacques, elle vous dit justement ce que je vous disais. Nous avons la majorité, il faut vous y soumettre.

— J'ai rêvé, fit Antoine tristement en refermant son album. Pourquoi ne l'a-t-elle pas gardé?

— Et comment vous aurait-elle écrit sans ce prétexte? répondit Jacques.

Quand il supposa que le bateau de Trouville devait être parti, il engagea son ami à le suivre hors de l'hôtel. *Le Roi Lear* doit être rentré avec la marée; nous irons faire un somme dans notre cabine, et dans l'après-midi nous serons frais et dispos pour le travail. Mais au moment de se mettre à l'ouvrage, le sculpteur vit son ami si tristement découragé, qu'il remit au lendemain pour commencer sa besogne. Antoine voulait retourner à la Hève. Mauvais moyen, dit Jacques; les cendres sont encore chaudes, il ne faut pas marcher dedans.

— Je veux vous montrer que j'étais véritablement en danger, fit Antoine, donnant ce prétexte à sa promenade.

— Allons, dit Jacques, mais j'ai tort. Je suis comme un médecin qui ordonnerait la diète à son malade, et qui consentirait ensuite à dîner avec lui.

Comme ils suivaient le même itinéraire que la veille et marchaient très-rapprochés des limites de la falaise, Antoine retrouva l'endroit où il était tombé. Il montra à Jacques l'anneau où Hélène avait attaché son châle, et lui fit voir le buisson de ronces à moitié déraciné auquel il s'était retenu.

— Pour que votre poids n'ait pas entraîné mademoiselle Bridoux, quand elle vous a aidé de ses mains, il faut qu'elle soit bien forte, ou que la Providence s'en soit mêlée, dit Jacques. Assurément, elle a couru autant de péril que vous.

En retournant sur leurs pas, au coude formé par une

rampe pratiquée dans la falaise pour descendre à la mer, ils rencontrèrent un pêcheur qui remontait par ce chemin. Antoine poussa un cri : il venait de reconnaître le châle d'Hélène dans les mains du pêcheur. Celui-ci, qui paraissait fort joyeux de cette trouvaille, la montrait de loin à sa femme, qui était venue au-devant de lui. Antoine l'arrêta. L'homme avait trouvé le châle sur la grève, enveloppant encore le caillou avec lequel Hélène l'avait lancé. Le rusé Normand, sans comprendre pour quelle raison, devina dans la précipitation du jeune homme le vif désir qu'il avait de le posséder. Il feignit de vouloir le conserver pour sa femme; mais celle-ci, intervenant elle-même dans le débat, déclara qu'elle était prête à le céder contre *de quoi* en avoir un neuf, car les déchirures qu'elle avait remarquées dans le châle l'avaient un peu désillusionnée.

Antoine ne marchanda pas, et donna ce qu'on lui demandait.

— Au moins, dit-il à Jacques quand ils furent de retour au Havre, j'aurai un souvenir.

Pendant les deux jours qui suivirent, son travail en collaboration avec Jacques se ressentit un peu de sa préoccupation obstinée; mais un jour il reçut une lettre de son frère qui lui annonçait l'accident arrivé à leur grand'-mère. Le rappel à des affections un peu oubliées opéra une réaction favorable dans son esprit. Je ne veux pas que vous vous serviez de cela, dit-il à Jacques en déchirant les dessins péniblement composés pendant les jours précédents, et dont celui-ci voulait faire usage pour ménager sa susceptibilité ; c'est mauvais.

Toute cette journée passa moins longuement que les précédentes; le travail lui était redevenu facile, et, sans être un moyen d'oubli, il en faisait le charme du souvenir qui reportait sa pensée vers Hélène.

Ainsi commençait la convalescence de cette grande secousse de cœur. Douze jours après sa séparation d'avec Hélène, Antoine se promenait avec Jacques sur la jetée du Havre, où une foule de curieux étaient rassemblés pour assister au départ du *Humboldt*, un des grands paquebots américains qui faisaient le service du nouveau monde. Tout à coup ils se trouvèrent en face de M. Bridoux, qui courait pour tâcher de se procurer une place sur le parapet de la jetée. Le père d'Hélène! fit Antoine, et il est seul.

— Ah! pardon, monsieur, fit celui-ci comme un homme qui craint d'être retenu, c'est que je voudrais bien la voir encore!

Les deux jeunes gens échangèrent un regard; celui d'Antoine était plein d'inquiétude. M. Bridoux était parvenu à se placer à l'extrémité même de la jetée. Antoine et Jacques le suivirent, émus à un degré différent par le même pressentiment. Bientôt *le Humboldt* eut quitté le bassin et s'engagea dans la passe, où il attendit quelques instants la minute précise où la marée était dans son entière plénitude pour pouvoir sortir sans danger. On entendit alors le mouvement de sa puissante machine, et les roues gigantesques commencèrent à battre l'eau avec plus de vivacité. Tous les passagers du *Humboldt* regardaient les curieux, auxquels ils faisaient eux-mêmes spectacle. Beaucoup de personnes ayant des amis ou des parents à bord étaient venues sur la jetée pour échanger un lointain et dernier regard.

— La voilà ! la voilà ! dit tout à coup M. Bridoux, et il mit sa main sur sa bouche comme pour lui envoyer des baisers.

Antoine et Jacques reconnurent Hélène. Celle-ci, qui cherchait son père des yeux, aperçut Antoine auprès de lui. Elle posa la main sur son cœur, et dans les baisers qu'elle renvoyait à son père, il en fut auxquels elle avait mis une autre adresse.

Une fois engagé en mer, le navire fila avec une rapidité qui, cinq minutes après, ne le montrait plus au regard que comme une masse confuse enveloppée dans un nuage de fumée.

— Oui, messieurs, disait M. Bridoux, une occasion superbe, six mille francs par an et vingt mille francs de gratification une fois l'éducation de la jeune demoiselle terminée ! Cela sert à quelque chose de distribuer des prospectus ; c'est comme cela que ma fille a été connue à Trouville par la riche famille qui l'emmène. Je crois qu'elle sera très-heureuse en Amérique. Si je m'ennuie trop, eh bien ! mon Dieu, je ferai le voyage et j'irai la rejoindre, fit-il en essuyant ses yeux. Maintenant que je ne vois plus le bateau, je m'ennuie déjà.

— Dieu lui fasse bon voyage ! dit Jacques.

— Dieu lui fasse prompt retour ! ajouta Antoine.

— Merci, messieurs, dit M. Bridoux, ne se donnant plus la peine de cacher ses larmes et de dissiumuler son émotion. Ah ! me voilà seul, tout seul, ajouta-t-il en appuyant ses deux coudes sur la jetée.

— Et elle ! dit Antoine.

— Elle est avec votre souvenir, répondit Jacques à voix basse.

FIN.

MUSÉUM LITTÉRAIRE.

Ouvrages de propriété ou autorisés par les auteurs.

SOUS PRESSE :

GENEVIÈVE

DE SICKINGEN

par A. Maurage, 3 vol.

NINON DE LENCLOS

par E. de Mirecourt, 8 vol.

HISTOIRE

DE DEUX VIEUX BOURGEOIS DE PARIS

par Marc le Prévost, 3 vol.

CONFESSIONS

D'UNE JOLIE FEMME

par Henry de Kock, 2 vol.

IDELETTE ET FRANÇOIS Ier

par Tavernier, 3 vol.

www.ingramcontent.com/pod-product-compliance
Ingram Content Group UK Ltd.
Pitfield, Milton Keynes, MK11 3LW, UK
UKHW012221240726
13966UKWH00003B/889